신이 된 나무

목신, 신목, 그리고 인간

강 희 진 지음

❀ (주)이화문화출판사

이야기를 시작하며

　목신을 이야기로 엮기로 한 것은 아주 우연이었다. 목신 답사를 본격적으로 하기 전의 내가 알고 있는 기본 자료 는 거의 비슷했다. 모든 마을의 목신 이야기나 설화 또는 목신제 형식이 비슷했다. 언제 시작했는지는 자세하지 않 았고, 없어진 것은 대부분 일제 때였거나, 1975년 종교정 화운동 때 본격적으로 사라졌다. 이후 1980년대 문화운동 이후에 서서히 다시 나타나기 시작하지만 전승차원의 문 화 형태이거나 목신을 단순 기복 신앙 대상으로 바라보는 시각이 많았다.

　목신 연구자나 조사사의 이해 또한 동일한 성격의 마을 신앙체계로 받아들이고 있었다. 이러한 이해를 전제로 한 나의 목신 답사는 간결하고 단순한 노거수 답사로 시작되 었다.

그런데, 우연히 마전리의 애기목신 이야기를 접하면서 목신이 단순 기복신앙이 아니라 민초들의 일 년의 생활이요, 그들의 삶이 단 하루에 집약되고 표출된 의식이라는 것을 알게 되었다. 고단한 삶을 치유 받을 곳이 없는 사람들에게는 치유의 공간이요, 놀 여유가 없는 사람들에게는 놀이의 공간이요, 폭폭한 삶에 사유의 여유가 없는 사람들에겐 사유의 공간이라는 것을 알게 된다.

그것은 나를 단순히 노거수가 아닌 목신 답사의 길로 인도했고, 신들과의 멋들어진 여행이 시작되었다. 그리고 그 목신과의 만남은 내게 새로운 인식으로 답해줬다.

목신은 마을 사람들, 특히 어떤 것도 감당할 수 없었던 시절, 지나가는 산들 바람조차, 앞 천에 흐르던 시냇물조차 믿지 못하던 시절, 어떤 것도 특히 절대 신이라고 믿었던 신이 자신의 편이 아님을 알았을 때 오는 절망감에서 찾은 신이었다. 그래서 이 목신은 자신들이 앉히고, 자신들이 들이고, 자신들이 스스로 모셨기 때문에 그들이 스스로 신의 크기나 폭을 정했고, 자신들이 바라는 만큼의 신의 존재감(神發)을 조절했다. 너무 큰 신을 받지도 않았고, 너무 커다란 신이 오기를 바라지도 않았고, 오직 그들의 소박한 삶의 크기만큼의 신이 접하기만 바랐다.

당연히 마땅한 신의 이름을 붙일 여유와 사유도 없었다. 고개 위에 있는 신은 서낭신이라 했고, 마을 입구에 있는 신은 동구(洞口)나무 신으로 불렀다. 신 이름이 이 신, 저 신, 윗신, 아랫신인 것이나 이름 없는 민초들의 이름이 개

똥이 언년인 것이나 다를 바 없었다. 어쩌면 그들은 목신의 이름은 그만두고 자신조차 사유하지 못했을지도 모른다.

신 또한 그러했다. 신탁(神託), 우리는 그 신에게 자신의 소망함을 바라는 것을 신탁이라 부르는 데, 그 신탁도 아주 소박했다. 그러면 그 신의(神意), 신이 민중들의 소박한 신탁을 듣게 되면 신은 자신의 존재감을 보이기 위해 신탁을 들어주는 답을 주게 되는 데, 그것을 신의라고 한다. 그 신의 또한 부탁한 것 그 이상도 그 이하도 아닌 아주 소박한 신의를 보였다. 가끔 좀 더 강한 신빨(神發)로 자신을 과시하기도 하지만 이는 단순 경쟁적 과시일 뿐이었다. 이 소박한 동일의 관계라니!

그래서 목신은 민초들과도 많이 닮아 있다고 한다. 아마 목신을 그림으로 표현한다면 무거운 짐을 진 농투산이가 용을 쓰고 일어나는 모습일 게다. 목신은 그들에게 친한 친구 같은 존재다. 평소에는 투정도 받아주고, 투덜거림도 받아주고 욕쟁이 술주정도 순순히 받아준다. 어린아이는 보듬고, 싸움꾼에게는 샌드백이 되어준다. 더위는 그늘로 막아주고, 추운 겨울에는 바람을 밖으로 돌린다. 이것이 신목이다. 신목은 그래서 민중들과 동일한 사유체계다.

그러나 때로는 민초들이 자신을 버린 권력에 대해서는 대범함을 택하기 보다는 차디찬 낫을 택하듯이 신 또한 그러하다. 답사를 하다보면 불현듯 고개를 끄덕이게 되는 데, 목신에게 인간은 오히려 권력이다. 자신을 돌보지 않으면 쉽게 토라지고, 삐지기를 자주한다. 자비와 용서가 많은 절대신들하고는 다르다. 자신을 버리거나 몸주를 상하기라도 하면 사람들을 상하게 하거나 심통을 부리는데, 이것을 흔히 신지랄이라고 한다. 이정도 되면 이제는 신의 세계로 완전히 들어간 것이 된다. 이 관계가 성립하면 비로소 하나의 신이 생기는 것이다.

목신은 이렇게 신의 세계로 진입하면 신격(神格)이 주어진다. 그곳에는 절대 상위 신들도 있고, 산신도 있고, 동급의 다른 신들도 있다. 그러나 목신은 민중들이 그들의 폭만큼의 크기로 앉히다보니 신들의 세계에서는 그 서열이 맨 하위신이 되거나 때로는 종속을 요구당하기도 한다.
그러나 비록 맨 하위 신일지라도 목신은 목신대로 독립을 요구했고, 민초들은 민초들대로 독립된 신이 필요했다. 당연히 앉힌 사람이 다르고, 그 폭이 다르고, 크기가 다른 모두가 개별의 신이다. 그러니까 불교가 부처님을 두고 각각 절집에서 부처님을 모시는 거나 기독교가 예수를 두고 각각 교회에서 하느님을 예배하는 것과는 다르다. 목신이라고 부르지만 각각의 독립된 신이다. 자신들만의 신을 갖는다는 의미다. 얼마나 오롯한 자유인가.
그러다보니 답사를 진행하면 할수록 또 다른 이야기가 펼쳐지고, 또 다른 신이 나타나고, 또 다른 사람들이 나타나고 있었다. 목신이 들어 온 이유가 다르고, 목신을 섬기는 이유가 다르고, 각기 목신들이 가진 질서가 달랐다. 위상이 달랐고, 지위가 달랐고, 당연히 성격도 달랐다.

내가 답사를 하면서 깨달은 것 중의 하나는 '목신'은 하나의 신의 이름이 아니라 민중들의 사유체계의 또 다른 말일 뿐이었다. 그리고 목신이라는 같은 이름에서 서로 다른 신이 보이기 시작했을 때 이야기를 엮기 시작했다. 그렇다면 나는 목신이야기를 쓴 것이 아니라 스물여덟개의 신의 이야기를 쓴 것이 맞다.

다만 좀 더 많은 신을 찾지 못한 것이나, 스토리 중심의 신만을 엮은 것이 되레 미안할 뿐이다.

印虛洞天에서 囈堂 姜 熙 鎭

차 례

이야기를 시작하며 / 3

1 호랑이 산신의 분신인 **새춘이 마을 호살령 목신** / 10

2 풍물 소리에 잠을 깬 **방축골 수성(睡醒) 목신** / 18

3 스스로 젯밥을 차린 **성환 양령리 방천(防川) 목신** / 27

4 목신제 없는 시산리 신목, **신이 되지 못한 목신** / 35

5 망국의 한을 품은 **상중리 백제 목신** / 43

6 젊은 느티나무에 막 신접한 **마전리 당산 애기 목신** / 50

7 애틋한 사모곡으로 다시 불러낸 **둔리 내림 목신** / 57

8 자살 아닌 자살 같은 타살, **금마 자녀(恣女) 목신** / 63

9 지배자의 지배 원리, **홍성군청 앞 금시(金匙) 목신** / 70

10 땅은 빼앗겼지만 신은 지배당할 수 없다, **결성 형방 목신** / 77

11 고향의 박대가 심해도 타향살이 설움만 하랴, **대구 수성구 시욱지 목신** / 84

12 샛밥 얻어먹는 것이 더 맛있는 **봉암리 나래미 목신** / 91

13 신은 있으나 사람이 없고, 사람은 있으나 신은 없는 곳, **후덕리 수구막이 감당(敢當) 목신** / 98

14 변신의 귀재, 용왕산에서 목신으로 몸을 갈아 탄 **연지리 절영우면(絶纓優面) 목신** / 106

15 돌아가지 못하는 궁녀들의 귀향에 대한 애틋한 기원, **보령 궁촌 탑반(搭伴) 목신** / 112

16 베개 양각에 숨은 시정이 목신이 된 **서천 비인 임벽당 목신** / 123

17 망국의 한을 유학으로 풀어낸 **서산 남원마을의 망향 목신** / 131

18 스님의 꾀가 꿈에 속아 목신이 된 **태안 흥주사 부근(府根) 목신** / 141

19 자기 희생으로 얻은 자유, **정안 보물리 도나무 목신** / 147

20 신목을 위한 진혼굿, **계룡면 중장리 괴목대신제(槐木大神祭)** / 153

21 불문율을 지켜낸 전설의 목신, **유성 잣뒤마을 투사 목신** / 161

22 신의 영역에서 인간의 영역으로 내려온 **유성 바구니 액막이 목신** / 167

23 팽 당한 성황신이 팽나무의 목신이 된 **은진면 와야리 성황 목신** / 175

24 국가 신격에서 민중의 신격으로 추락한 **천호리 화악리 왕건 목신** / 181

25 동상이몽을 꿈꾸게 하다, **성동면 원봉리 왕재 목신** / 191

26 기묘사화의 은유적 심리에 절을 하다, **성동면 개척리 전우치 목신** / 199

27 나라에서 버린 목신, 백성들의 목신으로 우뚝 선 **주암리 성황 목신** / 207

28 신이 신을 질투하고, 사람이 신을 믿는 **금산 요광리 행정 목신** / 213

이야기를 마치며 / 219

1

새춘이 마을 호살령 목신

천안에서 입장면 소재지 가기 바로 전에 우회전해서 들어가면 시장리 저수지로 가는 길이 있는데, 그 아랫동네가 새춘이 마을이다. 예전에는 효자가 많이 난다고 하여서 효아촌이라고 불렀다고 한다. 마을 동쪽에는 백제초도라 전해지는 위례산성과 성거산이 있다.

마을의 입구에는 수령 600여 년 정도 된 커다란 느티나무가 있는데, 이 거목에 들어앉은 목신 이야기다. 이 목신은 성격이 괴팍하여 마을 사람들이 두려워하는데, 그래도 신의(神意)를 잘 보여 이 마을에서는 매년 정월이 되면 길일을 택하여 목신에게 신탁을 한다. 신탁을 하기 위해서는 우선 갖춰야 할 것이 있다. 그런데 매우 특이하다. 이 새춘이 마을 목신은 생기복덕한 사람과 부정을 타지 않는 사람을 우선하는 딴 곳과는 달리 또는 개고기를 먹으면 부정을 탄다는 속설을 뒤집기라도 하듯 개띠생들의 제관을 요구한다. 왤까?

목신에도 각각 스스로 정한 지위가 있다. 신의 서열에 충실이 순응하면서 상위신이 시키는 것을 차분히 수행하는 목신, 그래서 상위신의 신운를 대신 전하는 대행목신이 있다. 그러나 그 대행 방법이 자신이 몸 담고 있는 몸주의 상해(傷害)를 통해 신의 상위 시그널을 전한다. 이럴 때 대부분 강하게 저항하지만 끝내는 상위신의 염력에 지배당한다. 이 경우 사람들의 신탁을 젯밥만 얻어먹고 상위신에게 전해주는 역할도 대행한다.

또 다른 경우는 스스로 신기(神氣)를 갖춰 자신의 목소리를 내는 목신이 있다. 모든 목신의 꿈이다. 대부분 이 목신은 신으로써 세련미를 갖추지 못해 성격이 거칠고 괴팍스러워 사람들을 당황시킨다. 이럴 경우 상위신을 접신한 무당이 와서 달래며 목신을 다스리거나 당황한 마을 사람들에 의해 풍성한 대접을 받은 연후에 신지랄을 잠재운다. 이 경우 대부분 자신의 성격에 못 이겨 스스로 해치거나 심지어는 몸주를 죽이기까지 한다. 새춘이 마을 목신의 경우는 이런 독립의 과정에 있는 목신에 속한다.

새춘이 마을 목신의 내력을 보자.

천안 지역의 모든 신은 성거산의 신으로부터 온다. 성거산 신은 조금 미스테리하고 신비로운 신이었다. 성거산의 신은 사람들 속으로 내려오지도, 특별한 신의도 보이지 않은 채 그 실체를 드러내지 않고 그저 훈대(暈帶)만으로 상서로움을 알릴 뿐 정체를 밝히지 않았다. 신의 정체를 몰랐으니 신을 명명하지도 못하였고, 신격에도 두지 못하였으나 최상위 신만은 분명했다.

고려 태조가 성거산 부근을 지나며 오색 구름이 모여드는 상서로운 신기를 느꼈으나 기어이 정체를 보이지 않으니 그 신이 누구인지 몰라 이름만 막연히 신이 기거하는 산이라는 성거산(聖居山)이라 명명했다.

조선 태조가 조선 건국을 위해 전국 각지의 38 신을 모을 때도 나타나지 않아 신비에 쌓여 있었지만, 태조나 세종도 마찬가지로 온양으로 온천을 하러 지나다가 문득 이곳을 지나는데 신이 있다는 것을 직관하고 곧바로 제를 올리던 신이다.

다만 온조왕이 백제의 옛 도읍을 이곳 직산에 세웠으니 묘(廟)를 세워 그곳에 신을 모시고 치제를 했다. 그러니 성거산의 최상위 신은 그 정체성이 불명확했지만 결국 온조왕묘에 수렴되어 상징성과 신격(格)만 주어졌을 것이라는 추측만 가능하다.

조선은 신들의 실명제를 통해 실질적이고 실세인 직산의 신으로는 또 다른 성황신을 모신다. 그래서 신들의 서열이 정해지는데, 최상위 신이지만 상징성이 강한 온조신, 실세 성황신, 위례성 당곡산신을 포함한 각종 산신, 각 마을의 목신 순으로 정해지는데, 새춘이 마을 목신은 산신도 아닌 것이 목신도 아닌 듯 약간은 애매한 지위를 갖게 된다. 그 과정을 쫓아 올라가다 보면 백제가 보인다.

예전에는 호랑이가 궁궐에 들어오는 것을 궂은 징조로 보았다. 고구려도 나라가 망할 무렵인 보장왕 시절 성 안으로 들어 온 아홉 마리의 호랑이에 의한 호환의 피해를 기록하고 있다. 신라 또한 신라 하대로 오면서 호랑이가 궁궐에 자주 난입하는 사례가 발생한다. 이렇듯 호랑이는 국운을 좌우하는 상징적 부정물이었다.

이것은 백제도 마찬가지였다. 온조 13년의 일이었다. 온조가 어미 소서노와 남하하여 십제를 세우고 치국을 할 즈음, 13년 봄 2월에 도성에서 늙은 할미가 남자로 둔갑했고, 다섯 마리의 호랑이가 성안으로 들어왔다. 온 백성들은 두려움에 떨었다.

온조도 마찬가지였다. 호랑이가 성안으로 들어온 것을 나라의 궂은 징조로 봤다. 이에 직산의 위례성으로 도읍을 옮기고 마한으로부터 독립하며 백제라는 이름을 갖는다. 호랑이가 도성에 나타났다는 것을 국운을 가를 만큼 중요한 사건으로 본 것이다. 그만큼 호랑이가 나타남은 불길한 징조의 표상이었고, 일반 백성들도 호환을 제일 무서운 우환으로 생각했다.

왕이 호랑이를 다스린다는 것은 커다란 치국 중의 하나
였다. 온조는 도읍을 직산으로 옮기고 위례성을 쌓아 백성
을 안심시키고 호랑이를 도모하였다. 그가 찾아낸 방법은
호랑이를 물리치는 공격의 대상이 아닌 숭배하는 신의 대
상으로 삼았다. 그 두려움이 호랑이를 산신을 모시게 된
것이다.

신은 신탁을 받아야 하고, 그 신탁에 대한 답을 주어야
신으로 대접받을 수 있다. 꾀 많은 온조의 부탁을 넙죽
받아 신이 된 호랑이는 신으로 대접받기 위해 신탁을 들
어주어야 했다. 백제의 신탁은 당연히 호환을 막아달라는
것이었다. 당연히 얌전히 산 속에만 있고 사람들을 해쳐서
는 안 되었다. 그래서 호랑이 산신은 모신다기 보다는 다
스린다는 표현이 맞을지도 모른다. 그러자 나라는 호랑이
로부터 자유로웠다. 온조의 꾀가 백제를 그 두려움으로부
터 해방시켰다. 그 마을이 호계리가 됐고, 산신당이 있던
곳이 당곡리라 불렀다.

온조가 죽자 백성들은 호랑이로부터 해방시킨 온조왕을
기리기 위해 온조묘를 두었는데, 살아서 그랬듯이 죽어서
도 온조신이 되어 호랑이를 다스리기를 기원한 것이다.

이때부터 온조묘는 국가에서 치제를 하는 국가신으로 자
리 잡았고, 그렇다 보니 온조신에게 밀려난 갈 곳 없던
산신은 잠시 방황하게 된다. 그런데 체면은 서지 않았지만
다행히 호랑이가 자주 출몰했던 당곡리와 호계리 백성들
에 의해 재빨리 산신으로 재추대된다. 이렇게 되자 호랑이

산신은 신의 격하가 이뤄지고 온조신이 산신을 다스리는 상위신으로 자리잡게 된다.

당곡리 사람들은 산신에게 신탁을 했고, 그 신탁은 곧바로 답이 내려져 당곡리는 호환으로부터 보호 받았다. 그러자 호랑이들은 자신들이 신이 된 당곡리를 피해 계곡 아래 동네인 효아촌에 자주 나타나 호환을 일으켰다.

효아촌 마을사람들은 당곡리 사람들이 호환으로부터 지킬 수 있었던 것은 바로 호랑이 산신의 신의 때문이라고

새춘이 마을 느티나무, 한여름에는 간신히 속내를 가릴 수 있지만, 지랄같이 치열한 삶의 흔적이 곳곳에 나타나 잎이 진 겨울의 모습은 처연하기까지 하다.

확신했다. 그래서 효아촌 사람들이 호환을 막기 위해 산신을 모시고자 했으나 이미 산신은 당곡리 사람들이 선점하여 모시고 있었던 바라 어찌할 수가 없었다.

그들은 궁여지책으로 당곡리 산신의 분신을 데려와 느티나무에 목신으로 모시기 시작한다. 그런데 신격에서 분신목신이라 지위가 약간 애매했다. 산신의 신격에서 따왔지만 신격은 동일할 수 없었고, 목신이라 이름 붙였지만 목신의 지위로는 자존심이 조금 상할 정도의 지위였다.

게다가 마을 사람들 신뢰도 완전하지 않다. 그래서 마을 사람들은 자꾸 무당을 불러 상위신의 힘을 빌린다. 사람들은 분신이었기 때문에 본신이었던 산신의 영험한 신의를 그대로 믿을 수도 없어 반드시 무당의 접신을 통해 산신에게 신탁을 했다. 무당은 호환을 잠재우기 위해 처음에는 제물로 개를 올렸다. 개가 사람 대신 제물이 되어 호랑이들의 굶주림을 해결하고자 했던 것이다. 후에는 개의 탈을 쓰고 무당이 직접 부드러운 사설로 호살령굿을 했다. 호살령은 호환을 당한 사람들의 영혼을 달래 주고, 호랑이를 달래 호환을 막고자 했던 굿이다.

마을이 호환은 막았지만 당연히 목신으로써는 자존심은 상했고, 성격은 점차 괴팍하게 바뀌어 갔다. 성질이 괴팍하다 보니 마을 사람들은 다친 아기 다루듯 하고 자존심을 건드리지 않기 위해 말도 걸지 않는다.

효아촌 목신의 입장에선 언제까지 분신으로 남아있을 수는 없었다. 독립을 원했다. 점차 목신이 독립을 강하게 원하게 되자 두 신이 충돌하게 된다. 처음에는 상위신의 강력한 반발을 맞이하는데 그 피해는 고스란히 애꿎은 마을 사람들만 입는다. 그때마다 마을 사람들은 치성을 다하여 목신을 받들게 된다.

이윽고 효아촌 목신의 강력한 의지로 겨우 독립을 얻는다. 그 뒤부터는 무당을 부르지도 않고 개의 탈은 쓰지도 않지만 다만 제관에 개띠생으로 정해 제를 올려 그 노여움을 푼다. 그러니까 이곳 효아촌 목신제는 신탁보다는 신지랄을 막는 데 주력한다.

그곳에 가보면 느티나무 아래에 우연이지 모르지만 개들을 많이 키우고 있다. 재미있는 것은 그러나 개들은 잘 크지 못하고 늘 전전긍긍하고 있다.

2

방축골 수성(睡醒) 목신

상전벽해란 말이 바로 방축골을 두고 한 말이다. 예전에
는 고즈넉한 동산 아래 마을이 자리잡고 있었고, 그 아래
저수지가 있어 마을이름도 방축골이었다. 그러나 저수지와
마을이 통째로 날아가 아파트 숲을 지나 겨우 방축골 흔
적은 쌈지를 뜬 공원으로 남아 있다. 주소를 찾아도 방축
골은 없어진지 오래고 지금은 주공9단지 아파트로 찾아야
하니 신도 사람이 만든 것이요, 없앤 것도 사람이란 말이
실감이 나는 곳이 방축골 목신이다. 그러나 그 목신은 그

나마 연명하고 있으니 찾아볼 만한 목신이다.

　천안 쌍룡동 방축골 목신제는 샘제인 용왕제와 함께 지
냈다. 이곳 목신과 용왕신은 한때 방축골 아랫마을 사람들
의 목숨줄을 쥐고 있던 막강한 신력(神力)을 가지고 있었
다. 용왕은 물로써 땅을 도모했고, 목신은 신발(神發)로 인
간을 도모했던 쌍두마차의 천상천하유아독존인 나 홀로
독신이었다. 그 외에는 상위신도 없었고, 다른 동급의 신
도 필요 없었다. 일반적으로 용왕신이 상위신이지만 이곳
에서는 동급이었다.
　이 두 신이 농사지을 물과 사람들의 길흉화복을 나누어
좌지우지 했으니 가히 생로병사의 길목에서 사람들의 신
탁을 받고 있었다. 그러나 대개 이런 독신들은 강할 때는
한없이 강하지만 어딘가 틈이 보이기 시작하면 바늘구멍
하나에도 탱탱한 물풍선 터지듯이 한꺼번에 쏟아져 나오
는가 하면 한번 잠을 자면 신지랄에 질려 누구도 깨우지
않는다. 신들은 수동적이어서 누군가 깨우지 않으면 여간
해서 스스로 일어나지 못한다. 방축골 목신이 그랬다. 목
신이 아주 오랜 시간 깊은 잠에 빠져 사람들을 잊고 있었
고 사람들도 목신을 잊고 지냈다. 그렇게 한참이 지났다.

　그러던 어느 날, 잠든 목신을 깨운 것은 사람이 아닌 그
리움이었다. 풍물이 퍼진다. 그리고 풍물 소리가 퍼지자
사람들은 모여든다. 그러자 백 년을 잠들었던 목신이 벌떡
일어났다. 어디선가 언젠가 들어본 익숙한 소리가 귓가를

울렸기 때문이다. 이제는 나무가 다 되어가던 목신이었다. 목신이 백 년을 넘어 사람들이 찾지 않으면 스스로 나무가 되어 흰 버걱 곰팡이로 핀다 한다.

청신(請神)의 소리다. 방축골 청신은 굿이 아닌 흥으로 한다. 풍물이 절정에 다다를수록 흥이 돋는다. 사람들의 흥이 정절에 다다랐을 때 목신이 나선다. 아직 사람들이 눈치 채지 못했다. 계속 울리게 놔둘 것이다. 얼마만에 듣던 풍물 소리였던가. 사람들의 흥이 절정에 다다랐을 때 극적으로 나타날 것이다.

버꾸가 우선이다. 버꾸재비 이돌천이 판을 열었기 때문이다. 그러나 살펴보면 단순히 난장 놀이도 아니고 일을 독려하는 두레판 놀이도 아니다. 사람들은 이번 풍물 앞에서는 굿판 보다 더 경건했고 그들의 흥은 점점 고조에 달하여 목신에 닿았다.

1987년대의 사회상황이 그를 놀이판으로 이끌었다. 천안 인근의 걸립패로 활동하면서 근근이 맥을 잇던 그가 법고 기예능보유자로 인정받았지만 어딘지 찜찜한 게 있었다. 그것은 바로 자신의 쇳소리의 원천은 방축골의 메아리였는데 평택 농악단 출신 풍물패의 공로로 받았기 때문이었다. 그가 처음 법고를 잡은 것은 경기도였지만, 그를 상쇠로 이끈 것은 10여 세 때 천안 방축골 굿판이었다.

그러나 어찌할 바나 방향을 몰랐는데, 또한 흐름이 그렇게 흐르고 있어 감히 나서지 못하는데 87년 시대 상황이 그를 자극하고 있었다.

끝날 것 같지 않던 군부의 독재가 끝나가는 기미가 뚜

방축골 느티나무, 아파트 숲 속 옹색한 쌈지 공원에서도 웅지를 펼쳐보지만 짝을 잃어서인지 그저 산만하고 요란하기만 하다.

렷하게 나타나고 있을 때, 바야흐로 옛것을 보존하고, 옛것에서 새로움을 찾고, 민중들의 아픔을 어루만지는 것들의 재인식의 바람이 문화 쪽에서도 불고 있었다.

당시 대한민국은 독재에서 벗어나 새로운 세상, 민주 세상을 만들기 위해 모든 민중들이 일어났었다. 새로운 세상의 주인이 바로 민중이요, 그들이 살아온 애환과 아픔이 곧 새로운 세상의 밑거름이 된다는 것을 인식하면서 민중문화에 대한 열의가 불타올랐다. 이 시절 대표적인 것이 바로 문화 뿌리 찾기였고, 그 중에 두레 문화는 공동체 문화의 활성화를 위한 중심에 있었다. 바로 공동체의 중요성이었다. 민중의 공동체가 민주 사회의 밑거름이 된다고 믿었기 때문이다. 이 시절만큼 민중에 대한 문화가 활발하게 연구되고 재현된 시기는 드물 것이다.

이런 사회적 분위기 속에서 마침 천안 방축골에서 평생을 풍물로 살아온 이돌천이 움직였다. 비록 경기도에서 났지만 방축골에서 자라고 그곳 문화와 함께 살았다. 그러나 당시에는 방축골의 풍물은 하염없이 흩어졌고, 평택의 풍물은 소위 인근의 '쟁이'들을 모여들게 할 만큼 유명하였다. 방축골 풍물은 목신제의 주악(奏樂)에서 유희로 나가지 못했고, 평택의 풍물은 공연으로 이어갔기 때문이었다. 그도 그곳으로 갔고, 상쇠를 할 자리가 없어 평택 농악대에서 법고를 쳤는데, 워낙 어려서부터 풍물에 대한 열정과 혼이 배어 있어 상쇠 아닌 법고로도 기능보유자로 인정받은 것이다. 그러나 기능보유자로 인정을 받으며 더욱 그를 허하게 만든 것은 평택의 가락이 아무리 들어봐도 어릴 적 들었던 목신제와 용왕제를 지내던 방축동 풍물과는 차이가 있었다. 아무리 세차게 휘몰아치고, 아무리 혼을 바쳐 법고를 두드려도 그의 허전함은 채울 수가 없었다. 가락도 달랐지만 목적도 달랐다. 평택은 유희였지만 방축골은 기원이었다. 평택은 상쇠가 팀을 이끌었지만 방축골은 제 의식이 풍물을 이끌었다.

그러던 어느 날, 때를 같이 하여 방축골 목신이 안간힘을 다해 그에게 마지막 신의를 보냈다. 방축골 느티나무의 울림과 샘의 용울림이 그를 불러낸 것이다. 한바탕 생사의 갈림길에서 헤어 나온 그가 선택한 것은 방축골이었다.

그의 혼은 방축골 풍물에 뿌리가 있다고 판단했다. 그가 이곳을 택한 것은 단지 자신이 살던 지역이라서가 아니라 자신의 풍물의 뿌리임을 자각했기 때문이었다. 그래서 시작한 것이 흩어졌던 방축골 걸립패들을 모으고 방축골만의 풍물을 다시 찾는 작업이었다.

어떤 이는 아주 채를 놓고 대신 쇠고삐를 쥐고 흔들고 있었고, 누구는 다른 걸립패에서 주변을 맴돌고 있었다. 잘 나간다는 사람이 기껏해야 잔칫날 쇠나 북을 잡고 놀이판을 까는 일을 하고 있었다. 그는 이들을 하나씩 설득하고 없는 사람은 다시 젊은이들로 채워가며 그들의 기억 속에 있는 희미한 옛 가락을 정리하기 시작했다. 이리 맞추면 저 사람이 다르다고 했고, 저리 맞추면 이 사람이 다르다고 했다. 쇠가 맞으면 북이 엇나고, 북이 맞으면 장고 소리가 어울리지 않았다. 모두의 기억을 짝지어야 끝나는 긴 작업이었다. 그는 마치 굿할 때의 모습이 연상되면서 그곳에서의 목신제 때 했던 방축골만의 특징을 찾아내며 웃다리 풍물을 재현하면서 그 뿌리와 연원을 찾아 나갔다. 그들은 그렇게 가새치기라는 웃다리 풍물만의 특징도 찾아냈다.

그러기를 몇 년, 드디어 방축골 풍물의 가락을 완성했고 마지막으로 그 소리로 목신을 불러내야 완전체가 된다. 목신을 불러내려면 마을사람들 앞에서 그들의 기억과 짝지어야 했다. 풍물과 마을 사람들이 하나가 되어야 비로소 목신이 나오기 때문이었다.

정월 초, 진일(辰日), 서서히 이돌천의 버꾸가 움직이고, 드디어 상쇠가 사물을 이끌며 쇳소리와 가죽 소리가 어우러지며 사람들 가슴속을 파고들고 있었다. 한참 긴장을 유지하다가는 끝, 이내 사람들은 두 손을 모아 기원하기 시작한다.

한 잔을 올려라. 두 잔을 올려라. 세 잔을 올려라…

방축골 목신은 흥이 많다. 흥이 울릴 때 거침없이 나오고, 거침없이 사람들 속으로 들어간다. 언젠가 그때 기억을 찾아 흥이 나오면 목신도 나오리라. 수없는 기원과 흥을 불렀다. 드디어 흥을 찾고 그 흥으로 목신을 깨웠다. 풍물이 절정에 다다르자 사람들 속에서 목신이 살아나고 있었다. 이제 사람들 앞에 목신이 서서히 나설 차례다. 사람들은 비로소 신탁을 의뢰하기 시작했다.

이돌천 선생이 방축골 느티나무에서 웃다리 풍물을 시작한 이유다. 비록 예산 신례원의 상모 나비상의 일인자인 박치삼과 김종필에게서 쇠와 벅구를 배웠지만, 그의 풍물의 원천이 천안 방축골이었고, 그는 목신제에서, 용왕제에서 했던 풍물을 가슴과 손이 기억하고 있었고, 마을 사람들은 그 흥을 기억하고 있었다.

고스란히 뽑혀 와 왠지 쓸쓸하게 공설운동장의 조경수로 추락했지만, 언제라도 목신이
튀어나올 태세를 갖춘 위용을 지니고 있다.

그렇게 방축골 느티나무에서 목신제는 그의 웃다리 풍물과 함께 다시 시작했다. 앞산은 해가 뜨는 곳인 일봉산이 있고, 뒷산은 해가 지는 산인 월봉산이 있다. 해가 뜨는 산은 붓봉을 이루고, 해가 지는 산은 둥근 아미봉을 이루고 있다. 해가 뜨고 해가 지는 곳이 있는 곳, 즉 작은 우주가 바로 방축골이고, 이 우주를 지배하는 신이 바로 목신이었다.

방축골에는 윗샘과 아랫샘이 짝지어 있었고, 산 아래 느티나무와 마을 어귀 팽나무가 짝지어 있어 풍물로 제액과 청신을 한 후 먼저 산 밑에 있는 느티나무와 윗샘에 가서 제를 올린 다음에 마을로 내려와서 팽나무에서 목신제를 지내고 끝으로 논 가운데 아랫샘에 가서 용왕제를 올렸다.

그러나 이미 쇠잔해가는 목신을 깨워서 그런지 제대로 사람들의 신탁을 받기가 버겁다. 요즘 사람들이 흥이 없어진 까닭인지 아니면 거의 흰 버걱 곰팡이로 잠이 든 상태에서 방축골 풍물 소리에 깨어서 그런지 가끔 신의를 보이기는 했지만, 급속도로 개발되는 천안의 발전상에 이제는 느티나무는 제대로 서 있기도 좁은 쌈지 공원에서 쪼그리고 앉아 젯밥을 얻어먹고 있고, 용왕신이 기거하던 샘은 이미 아이들 놀이터로 덮여 있다.

그리고 마을 어귀 팽나무는 종합운동장 입구에 옮겨져 지나는 사람들의 시선만 끌 뿐 신기운 하나 없이 석양빛만 받고 있다.

3

스스로 젯밥을 차린

성환 양령리 방천(防川) 목신

천안 성환 양령리는 안성천을 끼고 있는 마을이다. 안성천은 용인시 이동면 서리 부아산 남동계곡에서 발원해 서해로 흐르는 74km에 이르는 비교적 짧은 강이지만 수량이 풍부하여 안성평야를 이루기도 한다. 그러나 서해안의 조류 간만의 차가 8.5m에 이르고 이 강의 하류부근은 지대가 얕아 조류의 피해를 많이 받는 곳으로 이 조류는 하구로부터 멀리 떨어진 평택시 팽성읍에까지 영향을 미쳤다고 한다. 그래서 범람이 심해 지금처럼 하천이 정비되기 전에는 물 피해가 심했던 지역이다. 그렇다보니 강 주변으로 주력(呪力)을 갖춘 목신이나 용왕신, 등 토템과 샤먼의 신들이 많이 존재했다. 그 중에 가장 막강한 신발을 가진 목신이 바로 양령리 방천(防川) 목신이다. 안성천이 역사에 등장하기 시작한 것은 마한, 백제 조에 이른다. 이렇듯이 안성천은 오래된 역사를 품고 있어 구비마다 전해오는 이야기 또한 많다.

성환 양령리 향나무, 오래된 고목에서 풍기는 위엄보다는 마치 어린 유목처럼 사시사
철 푸르른 윤택함이 남달라 다시 풍요로운 젯밥을 먹는 기쁨을 만끽하고 있다.

부여에서 쫓기듯이 내려온 온조집단은 한성에서 십제라는 이름으로 야금야금 땅을 넓히면서 자신들에게 땅을 내준 마한을 배신하고 마한 경략의 꿈을 키우고자 할 때, 마한의 힘을 시험하기 위해 처음으로 도발한 곳이 바로 안성천이다. 백제는 마한의 의중을 떠보기 위해 안성천으로 땅을 넓혀 목책을 세웠고, 이에 분노한 마한왕의 나무람을 들었지만 군사적 보복을 하지 못하는 나약함을 보았던 곳이다. 한번 얕잡아 보인 마한을 백제가 가만 놔둘리 없었다. 어둠은 약한 어스름 석양을 공격하고, 맹수는 다리 저는 사슴을 공격하는 법, 백제의 군사력은 강력한 해양권을 비롯한 강성한 군대를 앞세워 마한을 위협하며 안성천을 넘었다.

이렇게 백제가 마한을 경략할 때 순수히 땅을 넘겨준 마한의 왕에 반대하여 마한 장수 주근이 강력하게 항거한 것도 안성천을 중심으로 벌어진 일이었다. 죽어서도 마한을 지켜내고자 했던 장수 '주근'은 이곳 마한 사람들 속에서 제일 먼저 신으로 자리잡았을지도 모른다.

이런 안성천을 중심으로 마을이 형성되었고, 그들은 안성평야의 옥토를 가꾸며 대를 잇고 있었다. 그런데 늘 안성천의 범람이 걱정이었다. 그들의 걱정 앞에 나타난 것이 바로 목신이었다.

이 안성천변에 자리 잡은 양령리에 언제부터 향나무 한 그루가 있었는지 모르지만, 전해 내려오는 바로는 언젠가 엄청난 홍수 때 떠내려 와 이곳에 자리잡았다고 한다.

홍수가 나고 마을에 물난리가 나 마을의 앞날이 경각에

달렸었다. 마치 백제군이 경계의 둑을 넘어 마한으로 치받 듯이 거센 물을 밀고 들어왔다. 모든 사람들이 가재를 꾸 려 피신하려고 준비하느라 경황이 없었다. 사정이 이때에 이르러서야 처음으로 목신이 그 험한 물길 속에서도 유연 하고 도도하게 향나무를 타고 마한 장수 주근처럼 사람들 앞에 나타났다.

그 광경을 본 사람들이 이르기를 어디선가 향나무 한 그루가 홍수에 떠내려 오더니 마을 앞에 이르러 멈추더라 는 것이다. 그렇게 험한 물살에도 가지 하나 다치지 않고 내려오더니 마을 앞에서 우뚝 서더라는 것이다. 그런데 이 상하게 그 향나무가 마을에 도착하자 억수같이 쏟아지던 비는 그치고, 불어났던 물은 점차 수그러들어 마을의 홍수 를 가까스로 피할 수 있게 되었다.

마을 사람들이 이구동성으로 외치기를 그것이 마치 신의 조화가 아니면 할 수 없는 것이요, 우리가 그 신을 모른 체 하는 것은 장차 이 마을의 홍수를 책임질 수 없다는 것과 마찬가지다. 우리 마을에 목신이 향나무를 타고 와 멈추었으니 그 신을 모시는 것은 당연하다 하였다.

마을 사람들은 그 향나무에 신이 있다고 믿었고, 그 신 이 마을을 보호해줬다고 믿었다. 그때부터 이 향나무는 마 을을 보호하는 수호신이 되었고, 마을 사람들은 그곳에 목 신제를 지내기 시작했다. 그 뒤로는 마을의 홍수 피해는 없어졌고, 사람들은 풍요로웠다. 사람들이 풍요롭자 목신 또한 풍요롭고 풍만하여 향나무는 점점 윤기 나는 풍채를 지니게 되었다.

그렇게 고요하고 조용한 마을에도 독재자들의 영향이 미치기 시작한 것은 1970년대였다. 독재자는 수많은 기독교인들의 지지를 얻기 위해 민중들과 그들의 마음속에 있는 수많은 신들을 향해 미신 타파를 선언하고 나섰다. 목신을 비롯한 수많은 신들을 독재자의 방패막이로 쓰고 있었다. 양령리 마을도 마찬가지였다. 독재자의 횡포는 마을 사람들의 사유체계를 일거에 부숴버렸다. 그리고 대신 들어선 것이 하천정리로 인한 제방이었다. 제방이 목신을 대신한 것이다.

하루아침에 제상을 빼앗긴 것이다. 목신으로써 신 기운이 줄어든 것도 아니고, 능력을 게을리한 것도 아니었다. 목신으로써는 억울할 수밖에 없었다. 홍수를 냈으나 이내 복귀되면서 더욱 튼튼한 제방이 들어서면서 사람들이 사람을 더 믿기 시작했을 뿐 다시 목신에게로 돌아오지 않았다. 목신은 더욱 초조해지고, 그곳은 평야지대이기 때문에 이웃하는 목신도 없고, 홀로 외로워 견딜 수 없었다. 이때부터 목신 스스로 젯밥을 차릴 생각을 하기 시작했다. 그래서 낸 것이 자신을 나무 속으로 묶어 놓은 독재자들을 이용할 꾀였다. 사람들이 눈치채지 못했다.

나무는 스스로 무성하게 자라고 그 모양이 매우 아름다워 소문이 삽시간에 퍼졌고, 전국에 제일가는 향나무로 자랐다. 이 소문은 1980년대 또 다른 독재자에게 들어갔다.

독재자는 집을 짓고 정원을 꾸미는 데 이만한 나무가 없다고 생각했다. 그가 가진 권력에 비하면 이 정도 나무

를 가져오는 데는 꺼릴 것도 없었다. 마을도 강가에 자리 잡고 있어 소문도 퍼지지 않을 수 있었고, 이미 전 독재 자가 목신제를 중단시켜 놨으니 마을 소문도 흉흉할 것을 걱정하지 않아도 됐다. 독재자는 나무 주인을 찾았으나 누 구도 주인이라고 나서지 못했다. 이 마을 사람들이면 누구 나 이 나무가 홍수 때 떠내려 왔고, 1000년을 마을을 지 켜낸 나무라는 것을 알기 때문이다. 나무가 서 있는 땅의 주인은 수없이 바뀌었어도 누구도 나무의 주인이라고 권 리를 주장한 사람은 없었다.

결국 마을 사람 전체와 합의를 했다. 회의를 거듭했지만 독재자의 힘을 견딜 수 있는 사람은 없었다. 독재자는 마 을 사람들과 450만원에 합의를 봤다. 그리고 계약금으로

150만원을 받았다. 그들의 입장에서는 450만원 큰돈이 아니었기 때문에, 그리고 마을 사람들의 마음이 변할 수도 있어 한번에 다 줄 수 있었는데 150만원만을 준 것은 이해하기 힘든 대목이었다.

어쨌든 계약을 마치자 정원사들이 보내졌고, 이 나무를 옮기기 위해 나무를 정리하기 시작했다. 그러자 이때부터 목신의 신기(神氣)가 힘을 발휘한 것이다. 그리고 그 신기는 다시 마을 사람에게로 향했다. 서서히 사람들 입에서 목신의 이야기가 그들에게로 들어갔고, 그들은 그 중압감에 하나 둘 아프기 시작하면서 점차 일에서 서서히 떼기 시작했다. 전지는 거의 다 끝났고, 분까지도 거의 뜬 상태였다. 이제 옮기기만 하면 끝이었다. 그런데 무슨 일인지 모르지만 독재자는 나무를 포기했다. 단순히 일꾼들이 일을 포기해서 그렇다고 보기에는 설득력이 떨어졌다.

문제는 그들이 계약금으로 준 돈 150만원이었다. 되돌려 달라는 말도 없이 소리 소문없이 작업을 그만 둔 것이다. 마을 회의를 거듭했어도 답은 없었고, 결론은 어차피 그 돈이 나무에서 나왔으니 다시 목신제를 지내자는 것이었다.

그러나 이 속에는 150만원의 기막힌 지혜가 숨어 있었다. 지금도 마을 사람들은 총 금액 450만원을 다 받았으면 제를 지내자는 의견보다 집집마다 나누자는 의견이 많았을 것이라고 한다. 당시 이 나무와 관련된 마을의 가구 수가 약 50여 가구였으니 약 10만원 정도씩을 차지를 했

을 것이다. 쪼들리는 형편에 당연히 나누자는 결론이었을
것이다. 그러나 3만원은 그들에게 명분이 약하고 다만 마
을 나무를 팔아먹었다는 뒷소리만 들었을 것이다. 그것을
감당하기엔 너무 적은 돈이었다.

바로 150만원은 욕망의 하한계선이었다. 마을 회의는
이 150만원을 마을 기금으로 항목을 잡아 별도로 목신제
를 지내는 데 소용하기로 했다. 이 모든 것이 사람의 의
도로 이루어졌다기 보다는 목신이 꾀를 냈다는 것으로 밖
에는 설명이 부족하였다. 한 독재자는 목신제를 폐했고,
또 다른 독재자는 목신에게 속아 스스로 목신제를 부활시
키는 데 결정적 역할을 했다.

이렇게 하여 목신은 꾀를 내어 젯밥을 스스로 차리게
되었다. 재미있는 것은 무슨 조화인지 지금까지 이 자금이
줄지 않는 신기함을 가진 돈이 되었다.

지금도 안성천면 양령리 마을 사람들은 마치 마한 장수
주근이 그랬듯이 밀려들어오는 도시화의 거센 물결을 온
몸으로 막아내며 농사를 짓고 있고, 그들의 무너져 가고
있는 농촌을 한 손으로 떠받치다 힘이 부치면 목신에게
달려가 신탁(神託)을 한다.

주근은 백제의 폭풍우같은 군사적 물결을 막았고, 향나
무배를 젓듯이 유유히 타고 온 목신은 안성천의 범람하는
물결을 막는 방천목신이었다면 지금은 도시화의 물결로
변화하는 의식 속에서 무너지는 공동체를 지키기 위한 방
천 목신이다.

4   목신제 없는 시산리 신목,
신이 되지 못한 목신

목신은 자신을 받들지 않는 것보다 자신의 몸주에 위기
가 닥쳤을 때 엄청난 저항을 보이는데, 시산리 목신도 그
중 하나이다. 그 전에 가장 심하게 저항한 전설의 목신을
하나 소개하고자 한다.

내가 기억하고 아는 한에서는 목신 중에 가장 강하게
저항한 목신은 아마 경부고속도로 건설 현장 중의 대전~
옥천 구간, 즉 옥천군과 영동군 사이에 소백산맥 허리 줄

기를 파고 들어가는 당재터널 입구 느티나무 목신일 것이다. 이곳은 아무도 목신을 섬기지 않았고, 목신도 굳이 섬길 사람들을 찾지 않았다. 그런데 사람들이 길을 뚫자고 찾아온 것이다.

당시 현대건설이 이 구간 터널 공사를 맡았는데, 하필 터널 입구에 수백 년 된 거대한 느티나무가 서있었다. 터널은 바로 옆에서부터 시작되었다. 첫 삽을 뜨면서 어디선가 웅웅대는 신의 경고 소리가 들렸으나 아무도 이를 눈치채지 못하였다. 그저 산속의 바람 소리이거니 생각했다. 사람들은 대수롭지 않게 터널을 뚫고 들어갔다. 20m 정도 들어갔을까, 목신의 첫 번째 저항이 시작되었다. 지반을 꺼지게 하고 터널을 무너트렸다. 경고를 듣지 않은 것에 대한 답이었다. 사람이 넷이나 죽었다. 인부들이 작업하기를 두려워하며 거부했다. 누군가 느티나무 목신이 화를 내는 소리를 들었다고 했다. 인부들이 모두 떠나갔다.
원인이 목신을 화나게 한 것에 있다는 것을 안 사람들은 근접하기를 두려워했다. 누군가 나무를 뽑아버리자고 제안했지만 고양이 목에 방울 매달기였다. 두려움을 없애고 작업을 하려면 느티나무가 없어야 했지만 나무를 없애는 것 또한 더 큰 두려움이라 모두들 도망갔다.
아무도 건드리지 못하자 이번에는 군인들이 나서서 느티나무를 뽑아버렸다. 이 느티나무는 지반이 약한 바윗돌을 뚫고 들어가 단단히 버티고 서 있었고, 이 나무를 뽑자 주변 지반이 모두 무너져 내릴 정도로 자리 틈을 넓게 잡고 있었다. 그러자 이번에는 이 작업을 지휘한 군인장교가 교통사고로 목숨이 위태로웠다.

인부들은 인건비도 받지 않고 야반도주하여 모두 떠났고, 급기야는 임금을 두세 배로 올려 새 인부들을 모았다. 심장이 강한 사람들을 뽑아 다시 투입했으나 목신의 저항은 더욱 강해졌다. 철구조물은 엿가락에 지나지 않았고, 갱목은 젓가락보다 쉽게 부러져 나갔다. 지나는 길마다 낙반사고가 일어났고, 그 사고마다 사람들이 죽어 나갔다.

목신의 저항은 몸부림에 가까웠고, 인간의 도전은 마치 전쟁 같았다. 그 전쟁은 사람들 목숨을 10여 명이나 뺏은 뒤에야 터널이 뚫리고 끝이 났으나 이긴 자도 없었고, 진 신도 없었다. 그저 산허리를 안경처럼 뻥 뚫었지만 답답한 길만 남아 있을 뿐이었다. 근처에 죽은 사람들의 위령비만 있지 목신의 몸주는 찾아주지 못하고 있어 지금은 또 다른 길이 뚫려 빈 길만 남아 썰렁한 터널에 몸주를 잃은 목신만 오가고 있다.

당시 그 터널을 뚫은 사람이 현대 건설 정주영이었다면, 지금 이야기하고자 하는 시산리는 또 다른 동명이인 친일파 정주영과 연관 있는 목신이다. 그 기분이 묘하다.

시산리 청룡부락 느티나무에도 당재터널과 마찬가지로 사람들이 섬기는 목신이 없다. 그러나 더 정확한 표현은 목신을 섬기는 목신제는 없지만 또한 당재터널처럼 분명히 목신은 있더라는 표현이 맞다.

시산리는 크게 보면 시루밑 동네와 청룡부락으로 나뉜
다. 원래 증산리(甑山里)였다. 이 증산, 즉 시루 산을 중심
으로 마을이 형성되어 시루밑 동네인 시루미가 형성되었
고, 증산을 중심으로 동쪽 부리에 청룡부락이 형성되었다.

시산리 신목, 비보림으로는 충분할 정도의 숲을 가졌지만, 풍수의 허점이라도 노출시키
려는 듯이 지금은 마을 사람들 쉼터로도 그 기능을 잃어버려 사람 때가 벗어진지 오래
되어 다시 야생으로 돌아가고 있다.

이 시루미 동네로 수원 유수를 지냈던 정씨 집안이 낙향해 터를 잡았다. 청룡자락에는 그의 후처를 두어 그 자손을 살게 했고, 청룡자락 끝 부근에 정주영의 어머니의 묘를 썼는데, 자리가 아주 좋은 명당이었다. 바람을 갈무리하여 아늑하고 산세가 부드러워 여성의 무덤으로는 제격이었다. 더구나 묘지 터에서 제일 중요하다는 물은 터를 부드럽게 감싸며 돌아나가고 있다.

문제는 한 가지 흠이 있었다. 바로 청룡이 짧고, 낮은 안산 너머로 물이 보인다는 것이다. 풍수지리설에 의하면 청룡이 짧으면 남자 자손이 번성하지 못해 자손이 끊기고, 안산이 낮아 너머로 물이 보이면 재물에 손실이 있고, 자신에게 찾아올 사람들이 귀하지 못해 도움을 주지 못한다 하여 이 집안에서는 청룡을 보듬고, 안산을 적당히 높이고 느티나무를 심어 흠을 막는 비보를 함으로써 누구도 건드리지 못하는 목신의 몸주가 형성된 것이다. 이 느티나무가 어느덧 2백 년이 넘었다.

그 자손인 정주영 부자는 일제 때 친일로 백작 지위까지 받은 골수 친일 집안이었다. 그의 친일 행각은 중앙에서만 이뤄진 것이 아니라 이곳 작은 마을까지 미쳤는데 많은 사람들을 징용에 앞장서게 했다. 마을 뿐 아니라 면 전체에까지 이르게 하여 많은 이들이 징용에서 돌아오지 못하게 했다.

그래서 그런지 이 동네에는 발 없는 귀신이 있다. 발은 없고 등에는 군대의 얇은 배낭을 멘 귀신인데 사람들은 일본에 징용을 끌려가 죽은 사람의 원한을 지고 있다고 했다. 늘 그 귀신은 냇가를 따라 그 묘역 앞을 오가고 있다. 청룡부리 끝에 다리가 있는데, 이곳에서 시작하여 산소에서 물이 보이기 시작하는 곳까지 오르내렸다. 담이 큰 몇몇 아이들이 쫓아가 보아 그 자세한 모습을 동패들은 잘 알고 있었다. 그 귀신은 늘 그 묘 앞을 지나며 어떻게 하면 자신의 원한을 갚을 것인가만 생각했다. 마을 사람들에게는 친근하고 착한 귀신이었다.

이 마을은 예전부터 시루떡이 유명했는데, 어떤 집은 시루떡을 할 때 팥을 넣지 않는다. 팥을 넣으면 귀신을 쫓고, 그러면 그 귀신은 없어지기 때문이다. 팥을 넣지 않고 도토리를 넣었으니 도토리 시루떡이 생긴 이유이기도 하다.

그러나 해방 후, 그의 자손들은 풍수지리처럼 되지 못하였고, 자손도 번성하지 못했고, 그리 부유하지도 못했다. 그리고 귀신의 조화인지 묘도 두고, 땅도 두고, 나무도 두고 홀연히 마을을 떠났다. 들리는 말에는 적손은 어디에 있는지 모르고, 서손만이 가끔 안부를 묻는다고 한다. 어쨌든지 그 뒤로는 귀신은 나타나지 않았다.

그러니까 이곳 목신은 마을 사람들이 들인 것이 아니라 정씨 집안에서 들인 것인데, 마을 사람들이 받지를 않은 것이고, 정씨 집안에서도 마을 사람들이 받지 않기를 원했다. 누군가 이곳에 삼을 잡는다든지 동티를 잡는다든지 목신의 신탁을 하기라도 하면 양반 유세를 떨며 자세를 세웠으니 마을 사람도 굳이 신목으로 받아들이지 않았다.

그래서 그런지 이 느티나무는 끝내 마을 신목으로 자리 잡지 못했고, 아이들에게는 새알을 꺼내는 나무일 뿐이었고, 놀기 좋아하는 어른들은 단오날 그네를 매거나 고아먹을 구렁이를 잡아도 아무 탈이 안 나는 좋은 뱀 사냥터였다. 아무도 이곳에는 목신이 있다고 생각하지 않았다. 아무리 아이들이 아프고, 마을에 변고가 있어도 찾지 않고, 청운의 꿈을 안고 집을 떠난 자식들의 건강과 등용을 위해 정화수 한 그릇 떠 놓지 아니 했다. 마을에 전염병이 돌아 사람들이 죽어나가도 그곳에 목신을 모시지 않고, 하다못해 시골의 잡무당들도 동티를 잡거나 삼을 삼지도 않았다. 신목으로는 버려진 나무였다. 그래도 나무는 200년을 버티며 아주 잘 자랐다. 전부 세 그루가 있었다.

그런데 어느 날, 누군지 모르지만 긴 톱을 들고 나무를 베러 왔다. 양쪽에서 당기는 톱이었다. 그 집안 누군가가 나무를 팔았다는 것이다. 사람들은 수근댔다. 그동안 나무를 그리 귀하게 여긴 것은 아니지만 마을 한 가운데 있는 나무를 벤다는 것이 찜찜했던 것이다. 마을 사람 자신들이 모시는 목신은 없다고 하더라도 그 나무는 이미 그들의 맘 속에 너무 커버린 것이었다.

사람들이 반대하자 그 자손이라는 사람이 나타났고, 드디어 톱을 대기 시작했다. 마을 사람들 중 몇몇 부인들은 그들이 톱을 대자 손을 모아 빌기 시작했고 그동안 하지 못한 것에 대한 회한이라도 있는 듯이 더욱 머리를 조아리고 몸을 겸손해 했다.

문제는 그 때 발생했다. 목신이 운다. 목신의 저항이 시작되었다. 나무 둥치를 넘어트리고 가지를 베어내던 인부

하나가 사고로 다친 것이다. 작업 중에 피를 본 인부들이 더 이상 진행하는 것을 꺼려하자 일을 독려하던 그 중 작업반장이 직접 톱을 들고 작업을 시작한 것이다. 그러나 어찌 된 일인지 작업 속도가 늦어지고 간신히 나무 하나 베는 데 사흘이 걸렸다.

베어서 토막낸 나무를 간신히 트럭에 실어 보낸 후 다시 다음 나무에 톱을 댔다. 그런데 두 시간 쯤 지났을까. 이미 반쯤 잘린 상태였다. 목신의 저항이 극에 다다랐다. 먼저 간 트럭으로부터 급보가 날아 왔다. 나무를 싣고 가던 트럭에 원인 모를 불이 나 트럭에 탔던 모든 사람들이 죽고 말았다는 것이다.

이때부터 인부들이 하나둘씩 다치기 시작했고, 급기야는 인부들이 작업을 중단한 것이다. 나무에서 톱을 뺐었고, 하나 둘씩 슬그머니 핑계를 대고 작업 현장에서 물러났다. 그 사람들 중 아무도 성한 사람은 없었다. 죽거나 다치거나 몸이 상해 있었다.

사람들은 목신이 화를 냈다고 수근댔다. 유력한 귀신은 냇가에서 오가던 그 발 없는 귀신이었다. 그 귀신이 목신을 조종했다는 것이다.

어쨌든 나무는 지켜졌다. 그러나 여전히 아직도 그 느티나무에게는 사람들이 위하는 목신이 없다. 하지만 지금 아무도 그 나무에 목신이 없다고 생각하지도 않는다. 목신은 있다고 믿지만 목신제를 지내지 않았던 이유는 지금도 저 느티나무를 마을을 지키는 당산목으로 생각하고 있지 않다는 것이다.

5

망국의 한을 품은

상중리 백제 목신

정월 보름이면 예산군 대흥면 상중리, 동서리 사람들이
'소정방이 배 맨 나무' 아래 모두 모인다. 목신제를 지내
기 위함이다. 마을 사람들은 목신제를 통해서 마을의 평안
과 풍년을 기원한다. 이 배 맨 나무는 임존성 옛 수레 길
로 가는 길목에 있다. 수령 천 년은 됐다고 전해지는 느
티나무이다. 이 느티나무를 바라보고 있으면 정말 나무의
정령들이 사는 것 같은 신령스런 둥치를 가지고 있다.

이 느티나무에는 상반되는 두 개의 전설이 전해진다. 그 중 하나는 소정방 배 맨 나무 전설이고, 다른 하나는 상여 나무 전설이다. 두 전설 모두 백제가 멸망하면서 부흥운동을 활발히 전개하는데, 그 시절 이야기다.

이곳 대흥은 백제 부흥운동의 거점지인 임존성이 있는 곳이다. 이 느티나무도 임존성의 아랫마을에 있다. 백제가 망하자 복신과 도침, 흑치상지가 부흥군을 모아 나당연합군에 저항하며 백제 부흥에 앞장서는데, 그 세력이 한때는 백제 전체 260성 중에 200여 성을 되찾을 정도로 커지자 이에 위협을 느낀 나당 연합군이 백제 부흥군의 마지막 저항을 잠재우기 위해 당나라 최고의 장수인 소정방을 보내게 되는데, 이때 소정방이 배를 끌고 와 이 나무에 매어 놨다는 전설이 있는 나무이다.

한편으로 다른 전설은 복신이 죽고 흑치상지까지 당나라에 항복하자 부흥군은 나당 연합군에 밀려 마지막으로 지수신 지키고 있던 임존성으로 밀려나 있었다. 더구나 배신한 흑치상지가 자신이 알고 있는 지리적 잇점을 활용해 쳐들어오는 바람에 속수무책이었다. 지수신은 죽을 힘까지 다해 싸웠으나 중과부적, 나당연합군의 힘에 밀려 임존성을 내주고 부흥군들은 죽음으로써 항전을 하고 끝내 이루지 못한 백제 부흥의 꿈을 접은 원혼이 되었다. 얼마나 원통한지 이 죽은 원혼들이 밤마다 마을 사람들 꿈에 동시에 나타나 울부짖었다. 상여소리였다. 그 울음소리를 들은 사람들은 상여소리가 너무 생생하여 하나 둘씩 소리를 쫓아 나무로 몰려들기 시작했다. 그 느티나무가 바로 상중리 느티나무였다. 마을 사람들은 그 소리가 백제 부흥운동을 했던 사람들의 원혼이라 생각하고 그들의 원혼을 달래주기 위해 그곳에 제를 지냈다. 그곳에 제를 지내자 비로소 울부짖음이 없어졌다는 이야기가 상여 나무 전설이다.

그러니까 하나는 나당연합군측의 자신감이 묻어 있는 전설이고, 하나는 백제 부흥운동의 울분이 서려있는 전설로 이 두 전설은 공존하기 어려운 것임에도 하나의 나무를 두고 서로 공존하고 있으니 재미있는 일이다.

나는 가끔 답사하면서 엉뚱한 생각을 한다. 그 엉뚱한 생각이 때로는 뜻밖의 재미를 가져오기도 하고 새로운 스토리를 찾아내기도 한다. 바람이 없는 가을날 마을 사람들이 뜸할 즈음에 이곳에서 그 나무들의 정령에게 묻는다. 동상이몽을 꿈꾸는 두 전설 중 어느 전설이 먼저 생겼을까?

이 나무에는 패자 백제인과 승자 신라인 간의 묘한 긴장감이 감도는 나무이다. 이러한 긴장감은 이 나무에 내려오는 전설 뿐 아니라 이 지역에 전해오는 백제 부흥군과 나당 연합군에 대한 많은 설화 속에서도 나타난다. 임존성 묘순이 바위를 통해 신라의 비열한 모습을 풍자하는가 하면, 대단위 나당연합군의 규모를 나타낸 딴산 설화, 흑치상지의 임존성 공격 루트를 밝히는 웬수봉 설화, 부흥운동의 최후 정세를 담고 있는 복신이 숨어 있었다는 복신굴, 백제 부흥군의 원혼을 달래기 위해 창건한 대련사 창건

나무를 보는 순간 이미 신령스러움을 느낄 정도다. 가까이에서 보면 왜 이 나무가 한을 품고 있는가를 알 수 있다.

설화 등이 아직 남아 있다는 것은 백제인의 정서가 그대로 사람들 마음속에서 흐르고 있다는 방증이다.

이러한 설화를 가만히 살펴보면 당시의 묘한 지역의 분위기를 감지할 수 있다. 비록 패자이지만 백제인의 자존심이 지역의 분위기를 이끌고 있는가 하면, 승자 신라인들의 지지 않으려는 기 싸움이 엿보인다. 이 두 집단 간의 기 싸움이 바로 이 느티나무에서 충돌한 것이다.

그러나 이 느티나무를 먼저 선점한 집단은 백제계였을 것이다. 비록 망하긴 했지만, 지역의 분위기는 신라 지배자들이 장악한 것이 아니라 백제계들이 잡고 있었다. 그들은 여기저기에서 부흥군의 원혼을 달래는 제사를 통해 하나로 뭉치고 있었다. 이 느티나무는 백제계 사람들에게는 하나의 구심점이 되었다. 마을 한가운데 서 있었고, 나무도 매우 신령스러워 그 신령스러움이 그들을 보호할 것이라는 믿음도 함께 있었을 것이다. 목신이 백제인들의 정서에 올라타 밤이면 밤마다 부흥군의 원통함을 소리 내어 울기 시작했다. 밤이면 밤마다 상여소리를 냈다. 이 소리는 사람들 꿈속에 나타났는데, 같은 꿈을 모두가 꾸었다. 아침이면 매일 그랬다는 듯이 연례행사처럼 그곳에 모여들기 시작했고, 그들의 화제는 상여소리에 대한 꿈 이야기였다. 그리고 다시 한번 나무를 보고 꿈을 확인했다. 그들은 단합되어가고 있었고, 누군가의 제안에 의해 이들의 원혼이 서린 목신에게 제를 올려 주었다. 이렇게 목신이 처음으로 이 느티나무를 몸주로 삼았다. 목신제의 시초이다. 이로써 점차 느티나무는 하나의 신전처럼 상징적인 장소가 되어가고 있었다.

그러나 심상치 않게 돌아가는 백제인의 분위기에 위기감을 느낀 신라계는 대응책을 모색한다. 이는 이로 대응하듯이 설화는 설화로 대응한다. 그들은 급하게 소정방을 들여온다. 소정방이 누구인가. 소정방은 백제인에게 콤플렉스이자 어쩔 수 없이 주눅이 들 수밖에 없는 인물이다. 그 느티나무는 바로 소정방이 백제를 치기 위해 배를 끌고 와서 매어났다는 것이다. 그러니 이 나무는 너희들 것이 아니라 바로 우리 것이라고 우긴다. 행정력을 장악하고 있던 신라계는 이렇게 무력으로 느티나무를 차지한다. 그리고 소정방에게 제를 지낸다.

묘하게도 역사는 300년 뒤에 똑같은 현상이 벌어진다. 임존성은 백제계를 이은 후백제의 최전방 기지로 남하하는 신라계를 이은 고려군과 부딪친다. 그리고 고려가 전투에서 승리하면서 이런 분위기는 똑같이 되풀이 되는 것이다. 이때는 신라계 고려인들이 좀더 적극적인 방법을 제시한다. 소정방이 배 맨 나무의 전설이 있는 곳에 바로 소정방을 신격화하여 소도독사라는 성황을 세우는 것이다.

고려인들은 대흥현을 만들고 이곳에 성을 쌓았다. 대흥현의 성을 쌓는 데 필요한 흙과 돌을 쓰기 위해 땅을 파면서 자연스럽게 못이 형성되었다. 이렇게 생긴 연못에 둥글게 섬을 만들고 나무를 심었는데 그 크기가 매우 크고 아름다워 이름을 대잠도라 명명하였다. 그리고 성황을 세운다. 본래 성황이란 성을 지켜주는 수호신을 말함이니 성황을 이곳에 세운다는 것은 당연한 일이다. 지금도 이곳 주변을 파보면 개흙이 나와 이곳이 큰 연못 자리였음을 알리고 있다. 물론 설화에서 말하듯이 바다가 아니라는 것은 당연하다. 이 성황에 소정방을 신으로 승격화한 이 소도독사를 세워 고려를 거쳐 조선 초기까지 국가적 차원의 신이기거나, 최소한 국가의 허가를 받아 작위와 향축 정도는 제수 받을 수 있도록 조치를 한 것이다. 하나의 몸주에 급이 다른 두 개의 신이 들어있게 된 것이다.

이럼으로써 이 느티나무는 백제계를 대표하는 일반 민중들이 지내는 목신제와 신라계를 대표하는 행정력이 지내는 소도독사 성황제가 동시에 이뤄졌다. 물론 목신제는 숨어서 지낼 수밖에 없었다.

더욱 재미있는 것은 민초들의 목신제는 아직까지 이어져 내려와 지금도 지내는데, 성황제는 이미 조선 초기에 없어졌다. 중국의 장수가 '대잠도호국지신'임을 못마땅하게 생각한 세종이 호국의 직위를 박탈하자 서서히 쇠락하더니 지금은 설화만 남아있다.

지금은 그곳에 목신제만 지내고 있다.

6

젊은 느티나무에 막 신접한

마전리 당산 애기 목신

   이곳 예산군 마전리에 마을 입구 느티나무에 목신이 들어온 것은 아주 최근의 일이다. 소위 애기 목신을 앉힌 곳이다. 그래서 기특한 신운도 없고 마을 사람들 신탁도 아주 소박하다. 그저 마을 사람들 화합 정도만 신탁하고 있어 애기 목신에게 큰 부담을 주지 않는다.

   다른 마을의 목신제는 본래 지내던 것을 없앴다가 요즘 들어 재현하는 경우가 대부분이다. 물론 요즘 목신제를 재현하는 이유는 다양하다. 어느 마을은 민속 문화의 보존

차원에서 재현하기도 하고, 어느 곳은 마을에 다가오는 이유 없는 불상사를 막아보자는 방도를 마지막으로 예전에 마을에서 모셨던 목신에서 찾는 경우도 있지만 이곳은 애기 목신을 들인 것은 특이한 이유가 있다.

이 마을 뒷산은 아주 조그맣고 예쁘게 생긴 산이다. 일반적으로 마을 뒷산은 북풍을 막아주고 마을을 감싸 안아주는 게 보통이지만 이 산은 오히려 북쪽을 향해 팔을 벌리고 있어 바람을 안아 들이고 있어 마을 앞들을 넓게 하고 있다.

이 산에는 요즘은 사람들이 찾지 않아 수풀이 우거져 있지만 유독 한 곳은 더 그런 곳이 있다. 사람들이 예전부터 이곳에는 잘 드나들지 않았기 때문이다. 이곳에는 아주 허름한 당집이 있었다.

이 당집은 조금 특별하다. 무당이 신당으로 꾸민 것이 아니라 한 부인이 남편의 죄를 씻기 위해 만든 당집이다.

우리 민족에겐 6.25라는 민족의 큰 상처인 전쟁이 있었다. 특히 예산은 남북간의 전쟁보다는 지역의 좌우 갈등이 더 큰 피해를 입힌 곳이기도 했다. 지역의 좌익은 어느 곳보다 왕성한 활동을 했고, 이에 반사적으로 우익의 활동은 극성에 이르기까지 했다.

그 여인의 남편은 그 당시 토박이 지역 좌익 출신이었다. 그는 핍박받는 집안의 출신으로 모두가 평등한 세상을 만들고자 사회주의 운동에 참여했는데, 마침 전쟁이 일어나고 인민군들이 지역을 장악하자 그는 면 단위 행동대장이 되었다. 당시 지역 좌익은 예산읍 향천리를 중심으로 그 세력이 대술까지 넓히고 활발한 활동을 했는데, 그는 많은 사람을 인민재판에 넘겼고, 그 중 일부는 죽게도 만들었다. 소위 열성적으로 좌익 운동을 했다.

그러나 그 사람에 대한 평은 갈린다. 누구는 아주 극렬해서 반동 우익을 색출하는 데 모든 수완을 다했다는 평이고, 다른 한편은 파견 좌익 활동을 통해서 많은 사람들의 편의를 봐주고 죽음으로부터 구해줬다는 평이 있다. 파견 좌익이란 마을에서 누군가 좌익 활동의 분과를 해야 했는데, 마을에 좌익이 아무도 없어서 마을의 합의하에 선출되어 마을 대표로 활동하는 좌익을 이른다. 그들은 좌익을 도우는 척 하면서 마을의 안전을 위해 많은 조치를 했다. 그때 지역의 사정을 잘 아는 그는 그 파견 좌익을 도우면서 많은 사람의 목숨을 구했다는 이야기로 모든 주민을 그렇게 죽게 한 것은 아니었다는 평이다. 그러나 이것은 모두 자신이 처한 경험에서 나온 말이었다.

그러나 그는 분명한 좌익이었고, 열성적으로 활동을 했다. 그래서 우익이 지역을 장악할 무렵 그를 포함한 지역 좌익은 우익의 표적이 되었다. 그들은 무자비하게 묻지도 따지지도 않고 죄를 물어 죽였다. 그들의 시신은 돌무덤 속에 묻혔다. 물론 그도 그의 좌익 활동에 대한 죄를 피해 갈 수는 없었다. 그는 처자식을 남겨둔 채 우익들에게 맞아죽게 된다.

아이들이 마을에서 살 수가 없었다. 그렇다고 마땅히 갈 곳도 없었다. 그저 견디는 수밖에는 없었다. 좌익 활동으로 많은 사람들에게 피해를 준 것만은 사실이었기 때문이었다. 마을 사람들의 보이지 않는 눈총도 그녀의 가슴을 아프게 했다.

견디기 힘든 세월이 시작된 것이다. 그 세월 속에 그녀의 선택은 남편 대신 미안함과 사죄의 길을 택했다. 마을 뒷산에 당을 모시고 평생 죽은 자들에 대한 극락왕생을

빌었고, 남편에 대한 죄값의 크기를 자신의 기원으로 줄이려 애썼다.

아침저녁으로 가서 남편 때문에 죽은 사람들을 위해 빌었다. 그렇다고 마을에서 그를 받아들인 것은 아니었다. 보이지 않게 자식들을 박대하고 멸시하고 소외를 시켰다. 그렇게 간신이 아이들이 성장했고, 아이들이 성장하자 그녀는 아주 그 당집에 들어가 살면서 일생을 보냈다. 그녀는 그것이 가족을 보호하고 아이들을 지키는 것이라 생각했다. 그녀가 죽은 뒤에도 마을 사람들은 그 당집을 허무는 것도 쉽지 않았고, 쉽게 그곳에 접근하지도 않았다. 그렇게 한 시절이 지났고, 사람들은 마을 사람들 중 반은 그 사실을 알고, 반은 모른 채 세월이 흘렀다. 그저 몇 사람만이 사연을 가슴 속에 품고 있을 뿐이었다.

그 즈음 마을에는 두 가지 일이 함께 벌어졌다. 마을에는 아주 오래되어 이미 웃가지는 모두 상해서 부러지고 겨우 아래 둥치를 살리기 위해 강낭콩처럼 연약하게 뻗은 새순이 지탱하는 고목나무가 있었는데, 그곳에 목신이 있었다. 그곳 목신은 북풍받이 마을의 지탱목이었고, 비보목신이었고, 힘들 때는 투정을 받아주고 즐거울 때 유희를 함께 공유한 마을의 심장이었다. 그러나 마을 공동체가 허물어지고 마을 공동의 심장보다는 개개인의 심장이 필요할 무렵 이 목신을 버리는 일이 벌어졌다. 그리고 동시에 누군가 마을의 동구 밖이 너무 허하다 하여 들어오는 입구에 느티나무를 심었다.

그 느티나무가 어느덧 신목으로 쓰일 만큼 커버렸을 무렵 언제부터인지 마을에 보이지 않게 반목이 일기 시작했다. 건별로 갈렸고, 크고 작은 불상사가 마을을 지배하기 시작했다.

마을 사람들이 수군거리기 시작했다. 그렇게 된 이유가 목신제를 지내지 않은 뒤로 그렇다느니, 또 누군가는 당집에서 그녀가 죽은 뒤로 그랬다느니, 당집이 마을 뒷산에 있는 것이 부당하다, 그래서 당집을 해체해야 한다는 등 의견이 분분했다. 그 중에는 그동안 금기시한 묵은 이야기를 꺼내는 사람도 있어 마을 사람들을 난처하게 만들었다.

그래서 마을 사람들이 합의를 본 것이 마을 목신제를 다시 지내자는 것이었다. 문제는 이미 지내던 느티나무는 너무 늙어 목신이 제 기능을 하기 어렵다는 주장이었고, 또한 이미 내박쳐 있어서 오히려 꺼내놓으면 이때다 싶어 분풀이를 할지도 모른다는 것이었다. 묵은 신은 건드리지 않는 것이 좋다는 게 대부분의 의견이었다. 그래서 그들의 목신는 마을 입구에 있는 느티나무에 새로 신접하고자 했다. 살펴보니 나무가 늙지는 않았고 아직 어리지만 아주 훌륭하게 자라 있었고, 신을 받기에도 충분한 몸집을 가지고 있었다. 신접만 제대로 되면 신령스러움은 빠른 시일에 갖출 자질이 충분했다.

문제는 어디에서 신을 모셔오느냐 였는데, 마땅한 신이 없었다. 이를 보지 못한 마을 사람들이 찾은 계책이 바로

당집에 내박쳐둔 신을 찾아가 그 신을 꺼내 목신으로 모
시자는 것이었다. 이는 모두가 께름칙하던 마을 뒷동산 당
집을 없앨 명분도 있고, 또 그 때 떠돌게 되는 신을 달랠
수도 있고, 새로이 신도 모실 수 있는 좋은 계책이었다.
그래서 정월 초 손 없는 좋은 날을 택해 목신을 모시기로
했다.

　조촐한 제사상이 차려지고, 간단한 이운행사가 열렸다.
이운행사란 다른 곳에 있는 신이나 신물을 옮기는 행사를
말한다. 이운 도구를 사용하지만 이곳은 간단한 신패와 신
위만 가지고 행했다. 그 여인의 아드님이 이운행사를 주도
했다. 그는 새로 지내는 목신제의 종헌관으로 추대되어 마
을 화합의 첫 잔을 올렸다. 길고 질긴 전쟁이 끝나고 있
었다.

　이것이 이 마을의 목신이 애기 목신이 된 이유다.

7 애틋한 사모곡으로 다시 불러낸
둔리 내림 목신

길이라는 게 그렇다. 정겨움을 따지자면 불편함을 감수
야 하고, 편리함을 따지자면 옛 정취와 사유를 잃어야 한
다. 굽은 길에 사유가 많고 곧은길에 촉박함이 있어 곧은
길에는 목적지가 먼저고, 굽은 길에는 구비마다 사람들의
궁리가 도사리고 있다. 그 궁리가 많은 사연을 만들기도
한다. 그래서 굽은 길에는 사연이 많다. 목적이 우선인 요

즘이다 보니 길이 곧고 사유가 없어지고 궁리는 피폐해져
길이 곧을 뿐이다.

그런데 굽은 길의 사유가 곧은 길 옆에 편리함을 따르
기 위해 없어진 것들에 대한 미안한 마음으로 모신 작은
목신이 바로 둔리의 목신이다.

둔리는 삽교읍을 포함한 비산비야의 평야 지대다. 주로
과수원으로 이뤄져 큰 나무가 거의 없는데, 유독 밭둑에
한 그루 그늘막이로 남겨두었으니 누구나 일하다 그 밑으
로 들어와 한숨을 돌리던 커다란 상수리나무 한 그루가
있었다. 가을되면 아무나 상수리를 주워 묵을 쑤고, 겨울
이면 썰렁하니 들판 바람을 맞다가도 봄이 되면 그네를
매어 아이들의 놀이터로 사용되던 상수리 나무였다.

그 상수리나무에 목신이 들어서게 된 것은 모진 세상과
부딪치며 사는 신세가 처량하여 자식들에게는 대물림하지
않았으면 하는 바람을 바라던 순박한 한 여인의 신탁에
의해서다. 목신이 들어앉는 것은 마치 신 내림과 같다. 앉
히고 싶다고 해서 앉힐 수 있는 것이 아니고, 신탁을 한
다고 아무 때나 답을 주는 것도 아니다. 때를 기다리고
치성의 겁이 쌓이고 싸일 때 슬그머니 신답을 내린다.

어쩌면 이 목신은 어떤 답도 준 적이 없을지도 모른다.
오직 그 여인만이 알 수 있지만 아무 말도 밖으로 한 적
이 없었다. 그래서 그랬을까. 처음에는 마을 사람들이 이
곳에 목신을 모시는 것을 극구 반대하고 나섰다. 목신을

모신다는 것이 보통일이 아닌 것을 사람들은 알고 있었기 때문이다. 특히 땅 주인이 반대하고 나섰다. 땅주인으로서는 휴식처를 제공했는데 갑자기 소도(蘇塗)를 만들어 신의 땅으로 만들 수는 없었다. 휴식처는 사람들에게 자유였지만 소도는 신들의 자유 터였다. 어느 것도 함부로 할 수 없었다. 건드릴 수도 없었고, 꺾어서도 안 되었다.

반대가 심해 처음에는 아무도 모르게 시작했다. 장독대 신인 천룡신에게 청수를 올릴 때 슬쩍 같이 청수를 올렸고, 봄이면 보채는 아이들의 배를 채우기 위해 보리기울을 뭉쳐 개떡을 하면 그 신에게 먼저 올렸다. 가을 떡 고사를 하면 가을 떡을 받쳤고, 삭풍이 부는 겨울이라고 거르는 일이 없었다. 다른 사람 밭둑에 있었지만 그렇게 악다구니 속에서 지켜낸 것은 한 여인의 지성 때문이었다.

그 여인의 집안에 대한 염원이 시작되었고, 목신을 모시기 시작했다. 점차 상수리나무는 사람들이 눈치채지 못하게 아주 조금씩 신목으로 변해가는데, 어느 해부턴가 상수리나무 밑둥은 희끗희끗 번들거려 색깔이 좀 더 검어졌고, 뿌리는 불쑥 튀어나와 사람들이 눕기 불편해지기 시작했다. 밑둥에서 올라가 갈라진 가지에는 펀펀해져 마치 누군가가 앉아 내려다보고 있는 듯 했다. 곧던 나뭇가지는 처지기 시작해 좀 더 그늘막이 더 생겼는가 하면 잎새도 짙은 윤기가 나기 시작했다. 비로소 사람들이 그곳에 신령이 있음을 직감했다.

어느덧 이 나무가 누구도 쉽게 범접하지 못하는 신목이 되었을 때 그 여인은 죽었다. 그리고 목신은 그 여인과 함께 마을에서 사라지는 듯 했다. 어쩌면 그 여인이 모시면서 신탁을 한 것은 모두 이뤄졌고, 그녀가 죽었으니 목신도 없어지는 것이 맞는 듯했다. 딱히 마을에서 공동으로 마을신으로 모신 것도 아니고 딱히 힘든 일이 있을 때 신탁을 한 것도 아닐진대 굳이 마을 사람들이 존폐에 상관할 일이 아니었다. 이제는 더욱 노거수 티가 났으니 마을의 석양만 아름답게 할 뿐 누구도 상수리나무에 상관하지 않을 때 삽교읍의 외곽 도로를 내기 시작했는데, 이때 이 나무가 그 도로에 편입되었다. 관심이 없었으니 또한 굳이 도로 편입을 막을 필요도 없었다.

도로 편입에 따른 토지 및 물건 보상이 시작되었는데 이 나무가 보상 대상에 들어갔다. 문제는 보상가였다. 워낙 나무가 크고 오래된 데다가 나무에서 풍기는 힘이 신령스러워 보상가가 엄청났다.

일단 마을 사람 모두가 반대하고 나섰지만 모두의 관심 사항은 누가 보상의 주체가 되느냐였다. 마을은 조용했지만, 막후에서는 세 다리가 하늘을 받치고 서있는 솥처럼 신목을 품은 마을, 신목을 받은 밭주인, 신을 들인 사람의 자손이 그들의 손바닥 위에 목신을 받쳐 들고 하나라도 손을 빼면 무너지는 위기감에서 묘한 조합으로 극적인 합의가 이뤄졌고, 기막힌 삼분합으로 서로 원하는 바를 얻고 사이좋게 입을 닫았다.

그러나 잠자던 목신이 산 사람의 지분을 챙겨주었지만
자신의 몸주는 사라졌다. 마을 사람이 쉬쉬하면서 목신은
그렇게 사라졌다. 그러나 원래부터 목신에 관여하지 않았
던 마을 사람들은 그럭저럭 지냈지만, 그 뒤 그 아드님은
달랐다. 돌아가신 어머니의 생각은 간절했고, 간절한 만큼

상수리 나무 몇 그루, 그러나 아직 신을 받기에 버거운 모습이다. 군데군데 신전을 만들
어 놨지만 이질감이 드는 것은 어쩔 수 없다.

목신이 내는 신의는 더없이 어머니에 대한 불효로 온 몸을 짓눌렀다. 시간이 갈수록 목신 값을 받았다는 생각이 들었다. 어머니의 목신을 팔다니! 이것은 어머니의 영혼을 판 것이나 마찬가지였다. 자신의 안위와 복을 비는 어머니의 신탁이 밤이면 들렸다.

그의 회한은 그를 상수리나무로 이끌게 되었고, 그는 곧 없어질 신목에 마지막으로 신탁을 했다. 그에게 들려온 신의는 없었지만, 그의 시선은 그동안 사람들이 신물이기 때문에 범접하지 못한 상수리에 꽂혔다. 신목도 마지막인지 알았는지 그해는 상수리도 많이 열리지 않았다. 그는 겨우 몇 알을 주울 수가 있었다.

귀하게 주워온 상수리를 모아 정성스럽게 발아를 시작하였고, 그 중에 겨우 몇 그루의 상수리나무를 얻었다. 그리고 다시 땅을 구해 그 상수리나무를 심었다. 사람의 키를 넘어설 즈음해서 신목으로 삼고 다시 목신을 앉혔다. 그것이 지금 삽교 외곽 도로 옆에 있는 어린 몸주에서 버겁게 버티고 있는 애기 목신이다.

그러나 아직 신 받기엔 너무 버거워 보였는지 상수리나무 아래 신단을 세우고 지금은 어머니 대신 다시 목신제를 지내고 있다.

8 자살 아닌 자살 같은 타살,
금마 자녀(恣女) 목신

금마에 자녀목이 남아 있다는 말만 듣고 찾아나선지 벌써 2년째였다.

자녀목은 못된 습속이다. 가문을 지키고, 가부장적이고, 향리의 질서를 지키고자 하는 지배자들의 성리학적 발악이었다.

17세기 이후 중화(中華) 중심의 세계질서가 무너지자 조선에서는 나라의 질서가 무너지고 급기야는 향촌이 무너지기 시작했다. 겨우 예학을 중심으로 정신적 버팀목을 강조하는 한편 정치적으로는 반청(反淸)의 기치를 높이 들고 양반사회를 간신히 지탱하고 있었다.

그러나 무너지는 향촌질서에는 속수무책이었다. 청나라와 조선간에 벌어지는 일을 살펴보면, 아우가 형이 되더니 급기야는 아버지라 부르라 하고, 신하가 임금이 되어 군신관계를 바꾸고 있는 세상에 하물며 상놈이 양반 되지 말라

흉측하게 탄 모습이 마치 봉건시대의 잔재인양… <이미지>

는 법이 어디 있으며, 사람에게 있어 상하귀천이 어디 있
겠느냐. 이것이 세상인심이었다. 이런 바닥 인심이 향촌에
까지 이르게 되었다. 향촌이 무너진다는 것은 조선이 무너
짐을 의미했고, 조선이 추구했던 모든 관계가 무너지는 것
이었다.

그런 향촌을 바로 세우고자 했던 것이 예학을 바탕으로
한 향약이었다. 사대부들은 향약으로 향촌 사람들을 다스
리고 질서를 유지했다. 그러나 그것 또한 뜻대로 이뤄지지
않았다. 그 틈을 비집고 나온 것이 남녀상렬지사였다. 남
녀상렬지사는 상민에게서 양반까지 고하를 막론하고 일어
나는 사람 일이다.

특히 양반가에서는 열녀라는 이름으로 일부종사를 강요
했고, 그러나 이는 가끔 사랑이란 이름으로 폭발하였다.
사랑이란 이름으로 다른 사람을 만난대서야 그들이 가지
고 있던 모든 질서와 명분이 깨지는 것이었다. 향약에 있
어 다른 일은 지배의 위치에서 있으니 모든 것이 명분이
되었지만 이 남녀상렬지사는 달랐다. 그것을 막기에는 명
분이 약했다. 그래서 만든 것이 그들은 부정하다고 여긴
여인을 스스로 목숨을 끊게 하였다. 자결이 아니었다. 자
살을 시킨 타살이었다. 나무를 지정하고 그 나무에 목을
매는 것을 도왔다. 그 나무를 일러 자녀목이라 했다. 그들
이 자녀목을 선택한 것은 향촌질서를 장악하고자 하는 고
육지책에 불과했다.

그렇게 자살 같은 타살을 시키는 나무가 자녀목이다. 이
습속은 가문을 지키고, 가부장적이고, 향리의 질서를 지키

고자 하는 발악이었다. 그러다보니 양지로 나오지 못하고 음습한 습속이 되었다. 이 자녀목은 여인들의 원귀가 서려 있어 사람들이 가까이 가기를 꺼려하다가 근대에 들어서 모두 베거나 태워버렸다.

그런 자녀목이 금마에 남아 있다는 소문을 듣고 찾아나선 것이다. 어쩌면 마지막으로 남아 있는 자녀목일 수도 있기 때문에 긴장감도 있었고, 더구나 그곳에 목신제를 지낸다니 더욱 발걸음을 채근하게 했다.

그러나 금마면 구석구석 뒤지고, 만나는 노인마다 물어도 아는 사람이 없다. 굿 깨나 했을 법한 귀 어둔 늙은 무당을 찾아가도 자신은 그곳에 동티를 잡아본 적이 없다 했다. 양반 조상을 자랑 삼아 얘기하는 등 굽은 노인도 몰랐고, 대대로 금마에 살았다는 자부심 많은 토박이도 몰랐다.

아무도 모른다. 아니 아무도 말하지 않는다. 누구도 모른 체 했다. 모두 다 잊혀지기만 바란다. 그러기를 백 년이 지나 이제는 정말 아는 사람이 없는 것이 금마 자녀목이었다.

그러다가 가뭄이 겨울까지 이어져 삭막한 어느 날, 대대로 산지기를 했다는 한 많은 1960년대 나무장수를 만날 수 있었다. 그가 말했다.

"그거 환향년들이 살던 동네여…. 지조를 팔았다고 수근

댔잖여…. 그래서 그 마을에 있는 나무에 목을 매게 한
겨…. 지독허지. 그걸 바라보는 남은 환향년들의 맴은 또
어떻겄어? 죽도 못 허고 살아서 그 꼴을 보니 맴이 썩어
문드러졌지…. 독허지 독혀…. 양반들은 독종 아니믄 뭇해
먹어. 그때 살아남은 사람이 따로 모여 산 곳이 바로 거
기여."

그가 가리킨 곳은 철둑 건너 야트막한 산을 끼고 있는
마을이었다.

그렇게 간신히 찾은 것이 홍성군 금마면의 어느 작은
마을에 가면 언제 없어질지도 모르는 느릅나무가 죽어 백
년을 버티고 있었다. 마을 뒷산을 끼고 있어 마치 산인
듯이 잡목에 끼어 길도 내지 못하고 홀로 서 있었다. 이
미 죽은 나무였지만 잡목에 버티고 있었다.

이곳에 목신은 있었다. 아마 마을 서낭목으로 심었던 듯
하여 함부로 나무를 꺾지 못하게 경계를 두었고, 마을 사
람들은 마을의 안녕을 기원했을 것이다. 그러나 이 목신을
잠재운 것은 바로 이 나무가 자녀목이 되면서부터이다. 자
녀목의 원귀들은 원래의 목신을 잠재웠다.

이곳의 원귀는 유난히 소란스럽다. 유별나다. 요란하다.
그러나 비 오는 날, 바람 부는 날 밖에는 소리를 지를 수
없다. 비에 실어 바람 소리에 실어 소리를 낸다. 그래서
바람의 폭만큼 소리가 나고, 그 소리가 시끄러워 오히려
잠을 잔 목신들이었다.

어린이들은 무서워서 가지 않고, 어른들은 찜찜해서 안 간다. 그 뒤로부터 길을 내지 못했다. 이곳의 원귀들은 나무속에서 살면서 나무를 갉아먹는다. 자신이 없어질 때까지, 아니 나무가 죽어야 자신이 없어진다는 것을 안다. 끝없이 자신을 먹어야 자신이 없어진다는 것을 안다. 자신이 없어져야 비로소 편해질 수 있다는 것을 그래서 자신을 먹을 수밖에 없는 안타까운 원귀. 이곳 원귀는 안타까운 여인의 한이 서린 것이니 나무의 정령이 아니라 사람의 정령이기 때문이다. 그는 나무에 갇혀 있는 것이기 때문이다.

그 후부터 이 자녀목은 한동안 원죄 때문에 소란이 일어났는데, 이에 그 고을의 목사(牧使)가 근원을 없애기 위해 나무를 베려고 톱을 대자 갑자기 목사의 부인이 죽었다. 그 이후 마을에서는 처자들이 계를 모아 이 나무에 제사를 드린 것이 목신제의 시작이었다.

이 나무에 치성을 잘 드리면 얼굴이 예뻐진다고 하니 목숨을 걸고 한 사랑의 미학이 서린 목신을 믿어서일까. 그렇게 300년을 버티면서 지내왔는데, 70년대였다.

"그게 말여. 그때 우덜이 공순이라고 불렀잖여. 공장 나가서 돈 벌어 동생들 가르치던 여자덜 알제. 한 애가 공장에서 무슨 일이 있었는지, 아마 공장장한테 당혔다고도 하고… 잘은 모르지만 공장 그만두고 내려와서 맨날 울더니 울다 지친 날 그 나무에 목을 맨겨. 그 후로 누군가 불을 놨어…."

그때 놓은 불 때문에 불에 타고서도 겨우 한 가지만 명

백을 유지하는데, 뭉툭하니 잘려나가 뭇 여인들의 한이 아직도 그곳을 통해 내뿜어지고 있는 것 같다. 그 뒤 그들의 울부짖음과 요란함은 없어졌지만, 또 백 년을 지나야 없어지는데, 그 무렵, 누군가 이곳에 잠자던 목신을 깨웠다고 한다.

그 노인의 말을 추리하면 이렇다.

여자가 한을 품으면 오뉴월에 서리가 내린다고 그해 오뉴월에 서리가 내려 농작물이 모두 죽었는데, 그 모든 것이 내팽개친 목신 탓만 같았다. 그래서 농사의 흉점을 치기 시작했다. 그렇다면 자녀목에서 흉점치는 나무로 변형되었고, 농사를 잘 짓게 해달라는 제가 시작되면서 목신제로 바뀌고, 나무가 늦게 피거나 부실하게 피면 농사가 흉하니 다시 느릅나무를 가꾸기 시작하여 살아나면서 목신이 되었을지도 모르지 않겠냐는 나무장수의 추리도 자못 그럴 듯하다.

죽은 여인들의 영혼을 위해 지내는 제인지, 그들의 영령을 위로하는 목신에게 지내는 제인지 모를 일이지만, 여인들의 영령을 잠재우고 마을의 안녕을 비는 목신을 깨운 것은 분명했다.

그리고는 그는 홀연히 다음 말문을 떼기 전에 사라졌다.

지배자의 지배 원리,
홍성군청 앞 금시(金匙) 목신

　홍성군청은 다른 곳과는 달리 조선시대 성안에 그대로
청사를 짓고 업무를 보고 있다. 군청 청사에 들어가려면
아문을 지나야 하는데, 아문을 중심으로 느티나무가 여러
그루 서 있다. 한 그루는 아문 밖에 있고 세 그루는 아문
안에 있는데, 안에 있는 나무 중에 목신이 있다. 바로 밑
에 목신의 유래비를 써 놓아 어느 곳에 목신이 있는지 금
방 알 수 있다.

일반적으로 마을의 목신은 못 먹고, 못 사는 사람들이 모시다 보니 목신 자체도 궁상맞은 신이 많다. 자신과 처지가 비슷하니 목신도 늘 배고프고 신격 또한 쳐져 있다. 신과 인간의 위치만 아니라면 처지가 비슷하다. 처지가 비슷하니 서로 동병상련 하듯 위로하며 지낸다. 사람들은 그늘이 생기면 그늘을 찾았고, 말거리가 생기면 말거리를 들고 나무 밑으로 모였다. 일거리가 있으면 거기서 일거리를 풀었고, 얽힌 이야깃거리가 있으면 그곳에서 매듭을 풀었다. 억울함이 있으면 삭혔고, 분노가 있으면 분풀이를 했고, 웃음거리가 있으면 한바탕 웃는 곳이 바로 목신의 그늘이었다. 그래서 목신은 민중들과 친하다. 민중이 일어나면 목신도 일어나고 민중이 물러나면 목신도 물러난다. 고려 (1203년, 신종6) 때의 여러 기록을 보면 굶주렸던 민중이 민란을 일으키고자 할 때 신들도 함께 일어나 민란의 성공과 전승을 함께 기원하기도 한다.

 목신은 민중들에게 마지막 기원처다. 부처도 지배자의 편이요, 성황신도 모두 지배자의 편이다. 오직 미래는 미륵이요, 현세는 목신 뿐이니 저 아픈 민중들의 나무가 바로 신목이다.
 이런 목신제는 누가 처음 시작했는지는 몰라도 누군가는 시작했고 누군가가 이어가게 마련이다. 누군가가 시작했을 때는 귀납적으로 시작하였을 것이고, 누군가가 이어받을 때는 연역적으로 이어 받았을 것이다.

그러나 홍성군청 안에 있는 느티나무 목신은 좀 다르다. 대부분의 목신이 달리 방법이 없는 사람들의 몫이었다면 이곳의 목신은 주로 잘 먹고, 잘 살고 대체로 지킬 것이 많은 사람들이 지켜달라고 빌었던 목신이다. 이곳의 목신제는 시작한 것도 홍주성의 목민관이었고, 이어 받은 것도 목민관인 홍주 목사였다.

어째서 그랬을까?

유래비에서 보듯이 고을에 변고가 생기면 울음으로 그

불수두(不垂頭), 겸손하지 못하고 거만하게 버티는 모습을 일컫는 말이다. 말과 모습이 딱 맞는 모습이다.

신의를 전달했다 하는데 행간을 읽어 보면 재미있는 이야기가 펼쳐진다.

이 목신은 본래부터 금수저를 물고 태어난 케이스다. 몸 주인 느티나무는 처음부터 관아 안에 심어졌고 그곳에서 키워졌다. 그리고 짐작컨대 목신의 자리가 점점 부풀어 오를 때 즈음 찾아온 사람은 민중들이 아니라 목민관이었다. 그것도 풍성한 제물을 가지고.

때가 왔다. 게으른 목민관이 부임한 것이다. 게으른 목민관은 귀찮은 형국을 싫어하고 문제가 있으면 재빨리 해결되기를 원한다. 그저 아무 탈 없이 지나기를 바란다. 그러길 바라며 성황신에 제를 올리고 치성을 하려 했다.

그런데 당시 성황사는 멀리 백월산에 있었다. 본래 백월산에 해풍현이 있었고 그곳에 해풍현성 성황사가 있었는데 지금의 자리로 관아를 옮길 때 성황신은 그곳에 두고 왔기 때문이다. 고려의 성황사가 조선에 이르러 ─당시는 아마 성황신에서 '호국'신의 지위를 박탈한 뒤였으리라 본다─ 신의 능력이 떨어진 상태였기 때문에 현이 옮길 때 같이 오지 못했던 것으로 본다. 그런 차에 성 안의 신목에서 밤새 우는 목신의 신의를 들었음에랴. 게으른 목민관은 굳이 멀리 갈 것이 아니라 이미 신의 지위가 격하된 성황신이나 목신이나 그 신의는 비슷하리라 생각하고 관아 안에 있는 느티나무의 목신을 부른다.

이렇게 나온 목신은 목민관처럼 목신도 굳이 헐벗고 힘든 백성들의 목소릴 듣고 싶어 하지 않았다. 민중들은 요구 사항이 많다. 그저 풍성한 젯밥을 먹기 위해 조용히 신의만 전달하면 된다.

이런 정황을 고려하여 이야기를 구성해보면 아마 게으른 목민관은 백성들을 동원하거나 백성들의 힘을 빌리고자 할 때 어떤 정치적 명분을 얻기 위하여 백성들의 마음속에 자리잡고 있는 목신의 신의를 이용했을 것이다. 풍성한 젯밥에 길이 든 목신도 더 이상 민중의 편이 아니라 목민관의 편에 서서 신의를 보내게 된다. 목신이 성황신 역할을 대신하게 된 것이다. 어쨌든 지금도 홍주성 성황사는 찾아보기 힘들다.

이렇게 시작한 신탁이 점점 그 위력을 발휘하게 된 것은 홍성에 변고가 생길 때마다 밤새 울음소리로 신의를 전달하면 목민관이 서둘러 대책을 마련하여 원했던 평온을 찾았다.

문제는 그 변고에 있다. 그 변고 속에는 민중들이 자신들이 믿던 목신들의 아래에서 함께 떨치고 일어나 세상을 바꾸려는 목소리도 포함되었고, 양반 아닌 평민들이 자신의 신념에 따라 목숨을 바치는 이 놀라운 사실을 접한 변고도 있었을 것이다. 동학이 그랬고, 천주학이 그랬다. 목신의 울음소리에 수많은 동학도들이 죽음을 당했고, 수없는 천주교인들이 순교를 했다. 이들의 변고를 알려준 것이 바로 여기 홍성군청사 안의 목신이다.

이러한 이유는 새로 부임하는 관리는 제일 먼저 이 목신에 풍성한 제물을 차리고 무사평안을 기원하는 것으로 부임지의 일을 시작했다. 그것은 지금도 마찬가지다.

나는 가끔 이 나무 앞에 서면 이런 생각을 한다. 임진왜란 때는 분명 울었겠지. 의병이 필요한 시기였다. 나라가 유린되고 유학의 정치가 바닥을 보였기 때문이었다. 일제의 늑약이 성사되던 해도 울었을 것이다. 지배자가 바뀌는 상황이었기 때문이다. 그런데 동학의 민중들이 몰려왔을 때도 울었을 것이다. 세상이 바뀌기 때문이었다. 천주학이 세상에 들어왔을 때도 울었을 것이다. 민중들의 신앙 사유 체계가 바뀌기 때문이다. 이 목신의 입장에서 보면 일제의

오관리 목신 제상이다. 매우 풍성하고 격식을 차린 모습이다.

침략이나 동학이나 천주학이나 변고이기는 마찬가지였다.

그래서 나는 이렇게 연역적으로 생각을 정리한다.

지배자가 세운 자기 합리화의 제사…. 이것이 홍주성 앞 느티나무 목신제다. 이는 원시 국가 체제하에서의 무당과 같았다. 신을 빙자한 인간의 욕심, 성전은 신을 빙자한 지배자의 땅 놀음, 성전은 신을 빙자한 목회자들의 돈 놀음, 그렇다면 홍주의 목신제는 신을 빙자한 목민관들의 지배 원리가 아닐까…. 천주교 박해가 그렇고, 동학의 처단이 그렇다.

동학군은 저 목신의 그늘을 차지하기 위해 또 얼마나 많은 피를 흘렸으며, 의병들은 또 저 목신의 그늘을 지키기 위해 얼마나 많은 피를 흘렸을까.

지금까지도 구백의총이 동학의 주검이냐 의병의 주검이냐를 놓고 증거 없는 주장들이 난무하지만 아직은 지키고자 하는 사람들이 목신의 그늘을 차지하고 있다.

지금 많은 사람들이 의병을 위해서는 구백의총 앞에서, 동학군을 위해서는 구백의총 뒤에서 참배를 한다. 다만 누군가는 느티나무의 계시를 받아 누군가를 지배할 날이 머지않았음을 알고 제를 지낸다.

10 땅은 빼앗겼지만 신은 지배당할 수 없다,
결성 형방 목신

결성은 작은 땅이다. 서해안을 끼고 있으면서 궁벽지게 홍성의 구석에 자리하고 있지만 사실 홍성의 뿌리다. 지금의 홍주의 역사는 기껏해야 1000년이지만 이곳의 역사는 백제까지 거슬러 올라가 지금도 백제성이 원금곡에 남아 있다. 홍성은 이곳 결성과 홍주의 지역 통합에 의해 만들어진 지역이다.

워낙에 작고 궁벽하여 조선에 이르러 현이 설치되고 제대로 꼴을 갖추고 현감이 파견되는데, 그 동헌 안 형방청 뒤뜰에 회화나무 한 그루가 600년을 버티고 서 있다. 조선 초 정구령이라는 현감이 심었다고 하는데, 그는 아마 요즘 나대기 좋아하는 정치인들처럼 유독 기념식수를 좋아했던 모양이다. 가는 곳마다 기념식수를 하고 징표를 세웠다.

나무 여행을 하다보면 나무라는 게 심는 것은 자유지만 일단 자리를 잡고나면 심은 자의 맘대로 되지 않는 게 나무라는 것을 느끼곤 한다. 특히 사람들이 어떤 이유든지 마음을 담아 심으면 사람들 마음보다 먼저 반드시 목신이 들어앉아 사람들의 마음과 나무가 함께 자라기 시작한다. 목신은 사람들의 마음만큼 자라기 때문에 언제든지 사람들이 자신을 꺼내주기 바란다.

　　대부분 조용히 때를 기다리거나 기다려도 찾지 않으면 신운을 보이며 신호를 보내지만 몇몇 특이한 목신들은 성

질을 부리며 투정을 부리기도 하고 심하면 신지랄이라고 난동을 피우기도 한다. 이곳의 목신도 아라비안 나이트의 요술램프에 갇혀 사는 거인처럼 지랄같은 신이다. 램프속에 갇힌 거인이 자신을 꺼내주기 기다리다 지쳐 처음에는 자신을 꺼내주는 사람에게 모든 것을 바칠 결심을 하지만 아무리 기다려도 자기를 꺼내주지 않자 끝내는 화가 나서 자신을 꺼내주는 사람에게 분풀이를 하는 그 램프의 신과 비슷하다.

지독한 인간에 대한 그리움에 몸 둘 바를 몰라 하는 진득하지 못하고 성질이 급한 신이다. 그래서 처음 꺼내준 사람에게는 모든 신운을 다해 신의를 보인다. 그리움이 큰 만큼 기대 또한 크기 때문이다.

그러나 아마 유교를 국교로 삼은 조선은 백성들이 모시는 주변의 신을 음사(陰祀)하는 것으로 규정하고 지방 군현에는 성황사로 단일화시키고 실명제를 실시할 때부터 대부분의 목신은 다시 갇히게 되었다. 특히 이 나무는 동헌 내인 그것도 형방청 뒤뜰에 있었으니 더욱 그러했으리라 짐작이 간다. 그렇게 삼백 년을 기다리고 참고 그리워했으니 목신과 인간과의 첫 대면의 장면이 짐작이 간다.

이곳의 회화나무가 처음으로 인간과 첫 대면하면서 신운을 보인 것은 영조 때인 1750년경이라 한다. 그러니까 기념식수 좋아하는 현감이 형방 뒤뜰에 심은 것이 1400년 무렵, 약 300년 정도 밖에 안 된 목신이었으니 팔팔하고 싱싱한 목신이었던 만큼 그 신운도 대단하여 매우 영험하였다. 처음 열어준 사람에게는 모든 신운을 다해 신의를 보였다. 비록 결성면 성황신이 있었으나 등 너머 멀리 있었고, 정치 관리들이 관료적으로 제를 올리고 있었으니 백성들은 이곳의 목신을 더 위했다.

때마침 조선은 일제에 의해 망국의 길로 접어들었다. 일본인들의 조선 지배 체계는 매우 치밀하였다. 그들은 아무리 땅을 지배하더라도 또 지배자를 지배하고 있어도 민중들의 사유체계를 지배하지 못하면 조선을 지배할 수 없다는 것을 알고 있었다. 그들은 조선 민중들의 사유체계를 무너트리기 위해 전국의 신들을 전수 조사한다. 그리고 끝내는 모든 신을 폐하기에 이른다. 지방에선 왕권의 상징인 객사엔 자신들의 신사를 세우고, 조선 백성들이 모시는 신들을 폐하면서 오직 자신들의 신사에 대한 경배만 요구하기에 이른다.

이곳에 부임한 야마구찌 지서장도 이 정책에 부응하기 위해 신사 이외의 신접을 금하기에 이른다.

본래 형방청이라는 게 동헌 안에 있는데다가, 지금도 죄 없어도 경찰서 가는 것을 꺼리는데, 일제 하에서랴. 일제의 지방 관리들이 일반 백성들이 신접하는 것을 방해했으니 자연히 목신은 다시 갇히게 되었다. 목신의 입장에서 보면 억울한 측면이 있었다. 화가 날 만도 했다. 신운이 떨어진 것도 아니요, 사람들이 스스로 멀리한 것도 아닌데, 일제들의 음험한 속내 때문에 자신이 갇히게 되었으니 마치 죄 없이 형방청에 갇힌 꼴이 되었다.

이때부터 이곳 목신도 다시 갇히게 되고 요술램프의 거인처럼 다시 꺼내주기만 하면 해코지하리라 맘먹었을까. 그들의 음모에 목신이 분노하기 시작했다.

마침 그때 그들이 다가왔다.

신접을 못하게 하자 사람들이 웅성대기 시작했다. 결성의 분위기가 점점 스산해지고, 그 스산한 기운은 언제 어디서 터질지 모르게 때론 백주 대낮에도, 야밤에도, 헤픈 웃음을 파는 주막집 주모의 치맛자락에도, 갈던 쟁기를 멈추고 땀을 닦는 농사꾼들 속에서 우지끈 터지고 나올 태세였다. 타고 가던 자전거가 넘어져도, 장독대 간장독이 깨져도 하물며 치성 올릴 가을 떡이 설어도 모두 목신이 그들 곁은 떠났기 때문이고, 목신이 떠난 이유는 또 일본놈들 때문이라고 에둘러 생각했다. 성황신이 있었지만 애초에 친하질 않았으니 조선의 결성 백성들은 하나같이 목신을 갈구했다.

이 지경에 이르자 야마구찌 서장은 조선백성들의 사유체계에 대한 두려움이 앞섰다. 조선의 마을신을 없애라는 상부지시가 이해되었다. 그는 과감히 나무를 제거하는 결정을 내린다. 신목이 없어지면 대상이 없어지는 것이고, 대상이 없어지면 사유의 근원이 없어진다고 생각했다. 야마구찌 서장의 측근들이 목신의 신령스러움을 설명했으나 막무가내였다. 그의 판단 착오가 여기부터 시작된 것이다. 마을 사람들을 집합시키고 형방청에 가할 위험이 있으니 나무를 베겠다고 연설을 시작했다. 그리고 자청해서 톱질

할 사람을 나서길 요구했다. 그의 일장 연설은 사람들을
설득시킬 정도로 훌륭했지만 그의 뜻대로 나무를 베어낼
사람들은 아무도 나타나지 않았다.

그러자 이곳 지서장 야마구찌가 직접 과감히 자신들의
신앙체계에 대한 확신을 가지고 형방청의 나무를 베기 시
작한다. 반쯤 베었을까, 그러자 갇힌 목신이 나올 틈이 생
기고, 그 틈을 이용하여 목신의 지랄같은 성질을 부리기
시작하는데, 급기야는 왜경 지서장의 말문을 막히게 하여
벙어리를 만들어 버린다. 그러나 조선 백성의 입장에서 보
면 조선의 사유체계를 무너트리는 간악한 일본인에게 분
풀이를 했으니 속이 후련하였다.

이후, 이 소식을 듣고 겁이 난 후임 지서장들은 목신에
게 사죄하고 다시 목신을 달래기 시작한다.

땅은 빼앗겼어도 이곳 목신만은 일제를 지배한 것이다.
통쾌한 일이다. 그 후 목신제는 일본 왜경의 의해 암묵적
으로 묵인된 채 유지되었고, 해방 후에도 이어져 마음껏
자신의 능력을 발휘하며 민중들을 위로했다.

그러나 박정희 시절 미신타파의 여파 속에 다시 램프
속에 갇힌 목신은 어느 방위병에 의해 다시 세상으로 나
와 버렸다. 이제는 좀더 살기를 부려 방위병은 죽게 했으
니 =미신타파의 구호에 애꿎은 한 젊은이가 생을 마감하
였다. 그 후 다시 제를 지내니 목신을 달래고 방위병의
혼령을 달랬다. 그것이 지금까지 내려온다.

그러나 신에게도 위계질서가 있고 격이 있는 법, 그 본때를 보여준 것이 바로 2010년 콤파스라는 태풍이 불 때였다. 풍운뇌우를 관장하는 성황신을 소홀하자 그의 변심과 질투로 나무 전체의 70%가 날아갔다. 이 신은 나무를 찢어간 것은 풍신으로 풍운뇌우를 관장하는 상위 신인 자연신이었으니 하위 신인 목신이 어찌할 수 없어 그 신격이 위엄을 맛보았다. 이 여파로 마을 사람들의 가슴을 졸이고 신의 처분을 기다리고 있었으나 지금까지 사람들은 모두가 무사하다.

이곳은 특이하게 왼새끼가 아니고 오방색 천으로 왼새끼를 꼬아 영역을 표시하고 소지를 올린다.

11 고향의 박대가 심해도 타향살이 설움만 하랴,
대구 수성구 시욱지 목신

백월산 산 아랫마을 월산리 어귀, 왠지 뭔가 빈 것은 분명한데 그냥 빈 것이 아니라 차 있는 듯 비어 있어 가끔 착각을 한다. 있다가 없어졌기 때문에 오는 잔상 착시 때문이다. 일하다가 새참이 나오면 그곳에 헛그늘이 보여 발길이 그리로 가기도 하고, 밤늦게 술 한 잔 걸치고 혼자 뚜벅거리며 마을 안동네를 돌아올 때 문득 등 뒤가 한기로 싸하면 얼른 장승처럼 서 있는 나무의 밤그늘을 찾기도 했다. 아이들은 놀다가 밤늦게 집에 올 때면 당간 역할을 하여 먼 하늘 위로 우듬지가 뻗어 있어 그것을 보며 집에 찾아들어가곤 했었다.

사람들이 멋지긴 해도 귀한 줄은 모른다. 그늘 아래 쉬기는 해도 아쉬워하진 않았다. 귀한 줄 모르고 아쉬운지는 몰라도 그러나 다 짐작은 했다. 막연히 저 느티나무 속에는 목신이 있을 거라고 짐작은 했다.
'아마 있긴 할겨?'
'암체면 읎겄어? 저렇게 신령스러운디….'
'우리가 떡이랑 맑은 정수라도 한 사발 떠놓을까?'
'그러다가 덜컥 목신이라도 들어서면 워쩔라구? 난 감당 못혀.'

그래서 방치했다. 가끔 그늘막으로 요긴하게 쓰긴 했어도 정작 급할 때는 다른 목신을 찾았다. 그 마을에는 지랄같은 목신이 있었기 때문이다. 한 해라도 거들지 않으면 온 동네가 난리난다. 젊은 장정들을 사족을 못 쓰게 만들지 않나. 오뉴월에 서리를 내려 부지런한 농사꾼들 매몰차게 기를 꺾어버리지 않나, 다른 동네 얼씬 못하는 병이 들어 사람 싹도 보지 못하게 하질 않나, 어쨌든 좋은 일은 하나도 들어주지 않으면서 궂은 일은 모두 가지고 들어오는 지랄같은 목신이 동네 한가운데 떡 하니 버티고 있기 때문이었다.
그저 애들 건강하게 해 달라고 빌지도 않았고, 집안에 복이 들어오게 해 달라고 하지도 않았고, 왕창 돈을 벌게

해 달라고 빌지도 않았다. 다만 해코지만 하지 않았으면 하고 때면 때대로 절기면 절기대로 빌고 빌던 그 못된 성질을 가진 목신이 있기 때문에 다른 목신에게는 범접하지도 않았다. 누군가 어떤 목신이 센지 시험해 봐서 큰 힘을 가진 목신을 믿을 모험조차도 하지 않았다.

그때까지만 해도 괜찮았다. 아무리 내박쳐도 그늘이 필요하면 찾아오고, 당간이 필요한 술꾼에게는 길안내를 했고, 밤이면 장승처럼 마을 입구를 지키며 무서움을 이기게 해주는 것으로 족했다. 아직 사람들이 꺼내주지 않아서 소원은 들어줄 수 있는 신력은 없었지만 나름대로 자리를 지키며 신발(神發)을 다듬고 있었다. 시욱지같이 너무 조용한 게 탈이라면 탈이었다.

마을 사람들이 그렇게 온통 그 사나운 목신에 매달려 있을 때 마을 재간꾼이 중개를 나섰다. 잔돈 몇 푼 얻어먹고 조경업자에게 팔자는 제안을 했다.

파니 마니 잠시 동네가 시끄러웠지만 한마디로 정리한 것은 주인이었다. 팔자는 것이었다. 그래서 맥없이 마을의 격렬한 토론은 싱겁게 끝이 났다. 그런데 그 내용을 들여다보면 돈이었다. 팔자는 사람도 돈, 팔지 말자는 사람도 돈이었다. 팔고자 하는 사람은 각각 자신의 권리를 주장하면서 챙기고, 반대하는 사람은 팔아 보니 돈도 안 생기고 본래 공공의 것으로 쓰였으니 반대했다. 주인이 간단하게 결정했다. 일단 팔고 조금은 마을을 위해 내놓겠다는 것으로 논쟁이 간단하게 정리됐다.

텃세에 눌려 시욱지 마냥 한쪽으로 밀려나 있지만,그 기세만큼은 옛 풍모를 풍기고 있다.

이 나무를 산 사람은 조경업자 모씨였다. 그가 이 나무를 살 때까지만 해도 목신에 대한 의심은 하지 않았다. 수많은 나무를 옮겼고, 이미 신령스러운 것은 보호수로 지정되어 있어서 그런지 큰 탈은 없었다. 아니 목신이 있다는 것을 믿지 않았다. 그는 목신보다 돈이 더 무서웠다. 그래도 늘 조심스럽게 나무를 샀다. 특히 동네 어귀나 당집 부근의 나무는 꺼려 했고, 주로 산 속의 나무나 마을에서 떨어진 곳에 홀로 드러내고 있는 나무들을 사서 팔았다.

그런데 유독 이 나무를 살 때는 마음 한켠이 걸렸다. 마을 사람들을 설득하는 데는 많은 시간이 걸리지 않았지만 싱겁게 오가는 충청도 사람들의 대화가 마음에 걸린 것이다. 숨은 목신이 덜컥 뒷덜미라도 낚아챈다면 낭패였다. 그래서 담박 대들지 않았다. 먼저 큰 나뭇가지를 잘랐다. 어차피 나무를 옮기려면 둥치를 쳐내고 다시 새 가지를 받아야했기 때문이었다. 마음을 졸이고 처분만 기다렸는데 다행히 아무 일 없이 지나갔다. 누군가 말했다.

'아마 읎나베.'

'혹시 물러. 다음 가지 자를 때 나올지 알어? 언젠가는 싣고 가는 트럭에 불쑥 나타나 뒤집혔다잖어.'

'그건 그려.'

그는 또 기다렸다. 그런데 또 아무 일 없었다. 그때서야 그는 결행했다. 모든 가지를 치고 몽당 둥치만 남겼다. 옮기는 것도 무서워 용역을 주는 영악함도 보였다. 털 벗긴 늙은 닭 신세가 되어 간단히 차에 실어 그의 수목원으로

직행하여 그곳에서 남의 집 살이가 시작되고 4,5년이 흘러 새 가지를 받고 다시 울창하기 시작할 무렵 대구로 팔려 간 것이다.

사람들은 그곳에 목신이 없던지, 아니면 있어도 박대하는 사람들이 못내 서운하여 차라리 다른 곳에 옮겨가는 게 낫다고 생각했을지 모른다. 심지어 자신을 뽑아가도 표시내지 않았다. 그래서 없는 줄 알았다.

그런데 막상 대구에 도착하니 목신이 나타났다. 지자체 선거를 앞둔 양력 3월 3일, 애기 목신이 늦잠자다 일어났을까. 아니면 기다리다 지친 목신이 긴 여정의 고단함에 깨었는지, 그것도 아니면 선거에 급한 사람이 목신을 깨웠는지 타향인 대구에서 나타났다. 그것도 대구 수성구의 한복판에 아파트가 즐비하고 주변을 찾아보니 땅이라고는 간신히 두 팔 벌려 손닿을 만큼 밖에 없는 도시 한복판이었다.

지자체 선거에 나온 후보자들이 목신을 깨운 것이다. 처음에는 반기는 듯 했다. 사람들도 많이 모였다. 시욱지가 드디어 자기 목소리를 낼 차례였다. 그러나 정작 꺼내놓고는 건성으로 신탁을 하거나 그다지 목신을 필요로 하는 사람들은 없었다. 그들에게는 사람이 신이었다. 차라리 사람에게 신탁을 하고 있었다. 이 정도가 되면 무언가 신지랄이라도 할 법 한데 도무지 자신을 내세우는 법이 없었다.

사람들이 그러니 곧바로 다른 토박이 목신들의 텃세가

시작되었다. 특히 수성구 범어네거리에 있는 속칭 "상동 은행나무" 목신이 난데없이 나대는 판에 옴짝달싹 하지 못했다. 타향살이 설움이 이런 것인가. 지나가는 사람들의 눈짓만 봐도 홀대하는 것 같고, 가끔 찾아와 그늘을 즐기는 노파들은 무심하기만 했다. 그래도 고향에서는 새참 먹는 농부들 그늘막이는 됐지, 술 취한 사람 밤 그늘을 만들고, 늦게 오는 학동들의 당간은 될 수 있었는데 이곳에서는 한갓 꾸어다 놓은 보릿자루에 불과했다. 그렇지. 집안에서 박대 받던 아이가 나가서 대접받으랴.

고향의 박대가 아무리 심해도 타향만 하랴. 집안에서 치어 살더니 나오니 낄 자리가 없구나. 봄 병처럼 지독히도 무기력한 타향살이에 아예 신지랄은 염두에도 없었다. 이래저래 말문이 막힌 시욱지같이 다시 숨어들어갈 수밖에 없었다.

백 년이 지나 다시 버걱의 흰 곰팡이가 될지 모른 채 꺼내주기를 다시 기다리고 있는 것이 대구 수성구의 사람이 그리운 목신이다.

샛밥 얻어먹는 것이 더 맛있는
봉암리 나래미 목신

　청양에서 부여로 가는 길목인 남양면 봉암리에 가면 방
기옥 가옥이라는 한옥이 뜻하지 않게 나타나고, 지금은 오
히려 그 집 담벼락을 기대어 웅장한 은행나무가 위용을
부리며 주인의 권위를 대신하고 있다. 대충 보아도 족히
몇 백 년은 됐음직한 나무로 이곳에 입향처를 삼은 조선
시대 양반가문이 심었음을 짐작할 수 있다.
　이 봉암리 마을은 매우 외져있다. 지금이야 길이 뚫려
쉽게 찾아갈 수 있지만, 조선시대에는 해상로를 이용하기도 불편한 곳이요, 행길을 이용하는 것도 불편하여 아예 한양과는 담을 쌓고 지내기 좋은 곳이다. 관하고도 멀리 떨어져 있어 마치 섬 같은 독립적인 치외지역이다.

이런 외진 마을일수록 양반들과 그들이 거두고 있던 식객 낭인들의 패악은 더욱 심한 법이었다. 이 마을에 지금의 방기옥 가옥 터에 처음으로 입향한 사람은 참판을 지냈다고 알려진 조 대감이었다. 이 조대감이 마을 소작인이나 집안 하인을 다스리는 것이 참으로 대단하였다. 많은 낭인을 거느리고 있었고, 그들은 조대감의 욕심 많은 성질배기를 대신했다. 그는 아침이면 마을 앞 냇가에서 물푸레나무 회초리를 해오게 하여 사람들을 매질로 다스렸다. 아침에 해온 물푸레나무 회초리가 해 지기 전에 다 헤지지 않으면 매를 그치지 않았다 하니 민초들의 아픔이 어땠는지 짐작이 간다.

이때 마을 사람들이 돌파구를 찾은 것이 목신이었다. 힘든 하루를 마치고 집으로 돌아가다 지친 마음을 거칠게 털어놓아도 말없이 들어주고, 모진 매에 상처 입은 육신을 기대어 함께 별 보기도 해주고, 주인을 향한 걸쭉한 욕도 함께 맞장구 쳐주는 게 목신이었다. 목신은 그들에게 유일한 이야기 상대였고 한편이었다. 그들은 짝패를 만든 것이다. 목신은 그들에게 위로였고 기원이었다. 그들에게 목신은 봄바람에 언 몸 녹듯 알게 모르게 찾아왔다.

그들은 목신을 미륵처럼 모셨다. 마을 사람들은 오가며 은행나무에 절을 하고 빌고 빌었다. 밤이면 몰래 나와 빌었고, 새벽이면 마당을 쓸며 빌었고 낮에는 그늘을 찾아서 빌었다. 동구 밖을 나갈 때는 돌아서 가더라도 들러 빌었고, 돌아올 때는 주인집에 인사하러 가는 척 하며 빌었다. 이 더러운 세상이 끝나도록 빌었다. 은행나무는 그들의 해방구였고, 그들의 희망원이었다. 그들의 희망원이 커지면 커질수록 조대감의 매질은 심해졌고, 조대감의 매질이 심하면 심할수록 조대감의 가세는 더욱 기울었다.

그런데 그나마 주인은 그들의 신탁을 눈치라도 챘는지 그것조차 쉽게 허락하지 않았다. 나무 밑을 폐하고 목신을 가뒀다. 그러자 마을 사람들은 각각 가정신을 모시게 된다. 목신으로서는 서운한 일이었지만 어쩔 수 없었다. 신의 하향이 이뤄지고 분신(分神)이 이뤄졌다. 마을 사람들은 분신된 가정신에 의지했다.

인심이 그를 떠났다. 조대감이 야반도주 한 것이다. 그들은 누구도 아무도 말은 하지 않았지만 자신들이 무엇을 빌었는지 알고 있었다. 목신과 마을 사람들만의 비밀이 형성됐다. 마을 사람들은 목신의 영험함을 보았다.

그래서 그런지 이곳 목신은 매우 보수적이다. 마을 사람들은 마을 사람대로 이 목신을 외부인에게 공개하지 않았다. 아무나 신탁하지 못하게 했다. 오로지 마을만을 위한 목신이길 바랐다. 목신제를 지낼 때면 마을 어귀에 통행금지 표식인 금줄을 치고, 황토를 뿌려 잡귀는 물론 동네를 나갔던 사람도 잡귀 취급하여 들어오지 못하게 하였고, 혹여 몰래 들어왔다고 하여도 제를 지낼 때까지는 숨어 지내게 했을 정도다. 육고기나 생선은 쓰지 않아 외부에 비린 냄새를 풍기는 것을 방지했고, 혹여 술로 모든 것을 망치지 않게 감주로 대신했다.

조대감이 떠나고 방사장이란 사람이 지금의 땅과 집을 다시 차지하게 되었다. 방하용이란 사람은 서울 종로에서 사업을 하던 사람이었다. 사업가라서 그런지 그가 사람을 다스리는 것은 조대감과 달랐다.

매질은 하지 않았다. 목신제를 지내는 것도 상관하지 않았다. 매사에 순하고 친절하여 언성을 높이지 않았다. 집

본 둥치를 감싸고 나온 샛가지들이 마치 살기 위해 몸부림치는 민초들의 역동적인 삶을 보는 듯 하다.

에 있는 시간도 많지 않아 식솔들이나 마을 사람들이 편
했다. 그는 직접 농사를 짓는 것이 아니라 소작을 주었고,
가을에 소작료만 받아들였다. 일을 게을리 해도 관여할 필
요가 없었고, 수확량이 줄어도 상관없었다. 사람을 매로
다스릴 필요가 없었다. 다만 그가 취한 것은 땅을 쪼갠
것이다. 땅덩어리가 아무리 작아도 쪼개어 경계를 두었고,
쪼개진 땅을 각각 다른 사람들에게 나누어 소작을 주었다.
소작료를 내지 못하면 소작을 거뒀다. 소위 그는 땅을 쪼
개어 분할 다스림을 하였다. 이 작은 땅덩어리를 서로 차
지하거나 소작 짓던 땅을 다른 사람에게 뺏기지 않기 위
해 사람들은 매를 들 때보다 말을 더 잘 들어야 했다. 조
대감의 매보다 그가 시킨 경쟁이 더 매서웠다. 그리고 그
결과는 늘 매몰찼다.

지금도 부여 봉암리의 지적도를 살펴보면 재미있는 그림
이 보인다. 200여 평의 작은 땅에 분할선이 여섯 개 정도
로 매우 촘촘하고 잘게 쪼개져 있어 주인이 다 다르다.
그때 나누어 소작을 준 흔적이 토지개혁 때 그대로 땅을
불하받아 그대로 남아 있는 것이다.
경쟁은 강화됐다. 매맞으며 생긴 공동체는 경쟁 속에서
한낱 모이 앞의 새떼에 불과했다.
이렇게 되자 각 가정으로 나뉘어 간 신들은 각각 집안
의 신들이 됨으로 목신의 하위신으로 자리잡게 되면서 더
욱 보수성이 강화된다. 조대감의 혹독함 속에서 하나가 되
었을 때는 목신도 하나였는데, 관대한 속박 속에서는 각자

자신을 지키는 것이 우선이 되었다. 신들이 흩어지고 사람들도 흩어졌다. 모이는 것은 주인집 곳간 뿐이었다.

그래서 이곳 목신제는 지금도 마을 사람 모두가 각각 집에서 7시 전에 팥 없는 백무리 떡을 해서 가정신을 지낸 다음 모두가 은행나무에 모여 목신제를 지낸다.

마을 사람들이 새 주인의 분할 다스림의 속셈을 안 것은 얼마 지나지 않아서였다. 매질은 없어 몸이 괴롭지 않았고, 닦달하지 않아 몸서리치지 않아도 됐지만 생활은 매한가지였다. 비록 소작이라도 내 농사채가 있었지만 겨울나기가 어렵기는 매한가지였다. 풍년이 들 때나 흉년이 들 때나 형편은 매한가지였다. 목신을 외면한 이유이기도 했다.

목신제는 근근히 계속 이어졌지만 이미 외면당한 목신은 희망구가 아니라 기원제였다. 건성 지냈다. 형식에 치우치고 형식에 치우치다 보면 빼먹고 거르는 것도 익숙해지기 마련이다. 그저 남은 것은 매우 고집스럽고 아집스럽고 보수적인 마을 사람들 뿐이었다. 내가 갖지는 않아도 남 주기는 싫다는 심보다. 목신도 신의를 건성으로 보였다. 목신이 신의를 보일 때는 더 보태지도 아니하고, 더 빼지도 아니한다. 꼭 그만큼만 보낸다. 풍년이 들 것을 가르쳐 주었고, 흉년이 들 것을 예고했다. 풍년은 풍년만큼 좋았지만 흉년은 그만큼 대비했다. 이게 신의였다. 이정도의 신의는 농사꾼들은 굳이 신의가 아니더라도 눈치로도 알 수 있는 것이었다.

그런데 어느 날 이 목신이 영험하다는 소리를 들었는지, 금기시하던 누군가의 샛밥 제사가 시작되었고 목신도 성의 없는 제상이 서운했는지 샛밥을 덥석 받아버렸다. 마을 목신제가 끝난 후 누군가 몰래 와서 덧제사를 지내며 샛밥을 놓고 가는 것이었다. 마을 사람들은 그가 누구인지 알기 위해 몇 번이고 불침번을 두고 지켰지만 아침이면 귀신같이 샛밥이 놓여 있더라는 것이다.

  그러길 몇 년, 밤늦게 딸을 데리고 나타나 덧제사를 올리는 것이 마을 사람들에게 발각되어 그간의 사정을 털어놓게 되었는데 그녀의 신탁은 자식을 얻고자 함이었다. 그리고 목신이 신의를 보여 늦은 나이에 자식 하나를 얻었다는 것이다. 목신이 삐쳤는지 샛밥 신탁에 덜컥 신의를 보낸 것이다. 그렇다. 목신이라는 게 네 것 내 것이 있는 것이 아니라 누구한테나 공평한 '나래미'가 있는 것이다.

  그때부터 샛밥을 차리는 또 다른 누군가의 제사는 끊이질 않았고 목신도 샛밥 신탁을 더 잘 들어주었다. 지금은 마을 사람 누구도 샛밥 제사 지내는 사람을 알려 하지 않는다. 이제는 그 목신은 샛밥 얻어먹는 재미에 푹 빠져 있다. 신도 신의 신령스러움을 제어할 수 없는 것이 샛밥인지도 모른다.

13 신은 있으나 사람이 없고, 사람은 있으나 신은 없는 곳,
후덕리 수구막이 감당(敢當) 목신

희망,
뒷동산 고개 너머 남으로 마을 방향 목신,
그 느티나무에 있다.
사람은 있으나 신이 없고,
목신은 있으나, 아 그리운 사람이 없다.

겨울철 목신 여행은 기묘하게 눈과 인연이 많았다. 가는
곳마다, 갈 때마다 눈과 마주쳤고, 때로는 이 눈이 길을

막기도 했고, 때로는 기막힌 풍경을 자아냈다. 청양 후덕리 목신을 찾아갔을 때도 눈이 엄청 왔다. 그러나 날은 따뜻하여 눈이 쌓이지 않고 녹아 사람들이 밖을 나다녔다.

후덕리 마을은 1, 2구로 나뉘어 있었으나 내가 먼저 눈이 간곳은 2구였다. 이곳은 서쪽인 마을 뒤쪽으로는 산이 뒷바람을 막고 있었으나 너무 높고, 좌우로는 산이 급하게 끊어지는 바람에 오히려 북풍을 막지 못한 채 열려 있었다. 이런 곳은 당연히 비보림을 조성하였고, 이 비보림 중 대표 목에 목신을 앉히는 경우가 많다. 이럴 경우 목신은 대개 겨우 한 해에 한번 젯밥을 먹여주고는 내내 바람을 막고 있을 수밖에 없어 인색한 주인을 만난 머슴같은 역할을 한다.

이 마을은 비보림을 느티나무로 조성했다. 그리고 누군가 이곳에 목신을 들였다. 본래 후덕리 1구인 섬안 마을에 목신이 있었으나 언감 접근하지 못했다. 명씨 집성촌의 집안 목신으로 다른 사람은 가까이 하지 못 하게 했기 때문이다. 아마 급했던 모양이다. 목신이 가까이 있으나 가질 못 하고, 가내에 우환이 끊이질 않았거나 기도처가 필요했던 모양이다. 급한 김에 비보림 중에 가장 신령스런 나무에 목신을 들여 간절히 신탁을 했다. 그런대로 급한 불을 끈 셈이었다. 그러나 어찌 신만으로 인간사를 모두 점지하랴. 그녀는 삶이 여의치 않자 홀로 신은 놔둔 채 몸만 떠나버렸다. 신은 있으나 사람이 없는 목신처다.

그러나 마냥 헛되지는 않았다. 누군가 앉힌 목신은 사람이 없어도 늘 거기에 그렇게 존재한다. 그래서 사람들은 찾지 않고 신탁하지 않는 것을 죄스러워 한다. 더구나 신의 거처를 건드리는 것이야. 지금도 마을에 들어서 느티나무를 물으면 연유를 듣기 전에 나무를 팔지 않는다고 손사래가 먼저다. 은연중에 신목임을 인정했지만 나무를 사러 온 것이 아니라는 것을 알고부터는 오히려 심드렁하게 목신을 이야기하고 목신을 앉힌 사람을 욕한다.

"젬병! 버릴 거면 뭐러 모셨담?"

눈까지 찡그리며 원망하듯이 욕설을 한다.

"걸리시나 봐요?"

"그럼 걸리지 안 걸려? 오적잖아도 신이잖여."

"그래 할머니는 한번도 가보지 않았나요?"

노파의 손사래 속에 차마 떼지 못하는 정이 솟았다. 지나는 길에 한 번 물었을 뿐인데 정색을 한다.

"딱 한 번 혔지. 딱 한 번! 내 새끼 살려달라구. 목심 줄 아니었으면 뭘러 급하게 찾는당가?"

한번 가서 신탁을 한 것으로 남이 버린 신을 끝까지 책임진다는 게 못마땅해서인지, 힘들 때 한번 가서 신탁을 했는데 지금은 누구도 찾지 않는 것이 영 안쓰러웠는지 한번 더 가면 평생 책임질지도 모른다는 불안감이 있는지 웬만해선 찾지 않을 것 같았지만 어딘지 모르게 찜찜한 모양이다. 그래서 그 노파는 모질게 처음 모신 그 사람에게 욕을 해대는 것이다. 어쨌든 지금은 신은 있지만 사람은 없는 목신이 늙은 비보림에 남아 있었다.

모질지 못한 노파를 뒤로 하고 산길을 따라 산 중턱의 마을로 접어들었다. 마을 한가운데 서 있다기 보다 느티나무를 중심으로 마을이 형성된 것 같았다. 느티나무를 기단으로 삼아 그 뿌리를 따라 길이 났고, 그 길 끝에 집이 들어서 있었다.

　후덕리 목신이다. 후덕리는 지금은 구기자와 고인돌 마을로 유명지만 예산에서 청양 가는 길목에 동향한 도림산 자락을 등에 지고 있는 마을이다. 마을 한복판에 커다란 느티나무가 있는데, 이곳부터 마을 골목이 시작되고, 이곳부터 사방으로 마을이 퍼져 있어 사람들이 모이고 흩어지는 중심이다. 바람 또한 그러하여 드나들 때마다 느티나무가 여름에는 시원하게 바람을 내보내고, 겨울에는 바람막이가 되어 골바람을 걸러내는 것은 특별한 신탁을 하지 않아도 평소에 보내는 목신의 대답이다. 평상 하나쯤은 펴 놓는 것을 허락하여 사람의 자리를 내주었고, 우듬지를 잘게 내어 날짐승의 비가림 터는 내주고 있다.

　이 느티나무에 목신이 들게 된 것은 아주 오래전이었다. 거슬러 올라가면 조선시대 임진왜란까지 올라가야 비로소 신의 기원을 찾을 수 있다. 임진년 왜놈들이 조선을 침공하여 단걸음에 한양을 거쳐 함경도까지 치고 올라왔다. 사직을 지켜야한다는 명분이었지만 임금이 도성을 사수했으면 함경도는 피해가 없었을지도 모른다.

　왜놈들이 명씨 집성촌 마을을 지척에 두고 잠시 숨을 고를 때 명씨 집안에서는 숨막히는 집안 회의가 열렸다. 풍전등화의 나라도 구해야 하고, 풍비박산에 직면한 집안도 보존해야 했기 때문이다. 모두 다 나라를 구한다고 의기탱분했지만 그럴 수는 없었다.

그 때 나온 신묘한 방법이 바로 웅규를 집안의 수호자로 뽑은 것이다. 이유는 간단했다. 그가 종손이기도 했지만 발이 빨라 왜놈들의 눈을 피하는 데는 적격이었기 때문이었다. 더 이상 지체할 수도, 더 이상 위로 도망갈 수는 없었다. 집안의 결정은 빠르고 쉽게 결정났다.

그는 짐을 꾸리기 시작했다. 그 짐에는 윗조상들의 신위를 모시는 게 우선이었다. 나머지는 가급적 짐을 가볍게 했다. 그러는 중 부인은 가솔들에게 짐을 나눠주면서 발이 빠르고 힘이 센 집안 청년을 앞세워 청수를 담고, 그동안 집안에서 궂은 일을 도맡던 신주를 맡겼다. 그때 그 신주에 업혀 함께 타고 내려온 신이 바로 명씨 집안의 성주신, 제석신, 조왕신 등 가정신이었다.

그리고는 아래로 아래로, 가솔들과 매일 밤을 틈타 승지를 찾아 달렸다. 달리고 달려 금정 땅에 이르러 드디어 도림산 아래 작은 승지를 찾았다. 난을 피해 궁한대로 집안이 피할 곳을 찾아 나섰지만 뜻밖의 터를 찾은 것이다. 선비들의 꿈터인 무릉도원을 찾은 것이다. 뒷산은 높으나 험하지 않아 항상 겸손하였고, 좌청룡 우백호가 짧았지만 밖에서는 안이 보이지 않고 안에서는 밖이 훤하게 보이는 것이 내가 숨고 적은 드러나니 전란 중에 이만한 터가 없었다. 산 중턱에 비교적 너른 터를 골라 집안을 세우고 주변에 땅을 골라 먹거리를 만들기 안성맞춤이었다.

그 터가 바로 섬안 마을이었다. 이렇게 무릉도원에 자리

후덕리 2구 비보목, 언뜻 위엄이 있어 보이나 가까이에 가 보면 허세임을 알 수 있다.

잡은 명씨 집안 사람들은 꾸려온 짐보다 신을 먼저 모시고, 짐을 풀어 사람을 도슬렀다. 이분이 바로 섬안마을 명씨 집안 입향조 명 응규 선생이다. 본래 명씨는 중국성으로 우리 나라에 최초로 당복을 소개한 것으로 유명하다.

터가 안정되자 마을 입구에 느티나무 한 그루를 꽂아 명씨들의 씨족 권역을 표시했다. 산 복숭아 많아 도림산이라 했으니 가히 무릉도원을 꿈꿀 수가 있었다. 그들의 이상향이었다.

이렇게 시작한 섬안 마을은 점차 집안이 번성하여 집성촌을 이루게 되자 그동안 함께 했던 가정신도 한 집 두 집 나뉘고, 나뉜 신들은 각자 같은 소리를 들으며 집안을 보호했다.

비록 화를 피할 수 있는 승지였지만 그들이 살기에는 너무나 척박한 땅이었다. 그들의 호구가 커지는 만큼 가난은 피할 수 없었다. 씨족이 늘고 가문이 형성되고 가문이 대응할 일이 많아졌다.

희망이 있어도 가문이 대신하고, 재난이 있어도 가문이 함께 할 경우가 늘어갔다. 때로는 가정 신으로는 감당할 수 없을 정도의 재앙이 찾아왔다. 그렇다고 그동안 함경도에서부터 함께 해오면 궂은 일 좋은 일 가리지 않고 크고 작은 일을 모두 감당한 가정 신을 버릴 수는 없었다.

즈음하여 이곳에 정착하며 심었던 느티나무가 어느덧 크기가 신을 받아들일 만큼 커졌을 때 사람들이 찾아들기 시작했다. 느티나무는 회의 장소가 되었고, 마을 사람들의 말이 모이는 장소가 되었다. 들고 나는 사람들의 장승같았다. 나설 때는 마을을 지켜주길 바랐고, 들어올 때는 나쁜 액으로부터 막아주길 바랐다.

마침내 누군가가 함경도에서 내려올 때처럼 지혜를 냈

다. 그리고 집안에 모시던 신들을 모두 느티나무 밑으로 모아 놓고 대표 신을 선발했다. 그리고 그들의 희망이 모여 목신이 되었다. 명씨 집안의 이상향 도림촌을 지키는 수구막이 장승목신이 된 것이다. 그러니까 이곳 목신은 비록 가정신에서 마을신인 목신으로 승격한 신이었으나 엄연히 그 근본은 명씨 집안의 신이었고 그들의 사유처였다.

그들은 한동안 신을 밖으로 내놓지 않았다.

시대가 흐르고 변하여 점차 집성촌이 무너지고 타성이 들어와 혼성이 함께 모여 사는 마을이 되었을 때도 타성들은 쉽게 목신에 다가서지 못했다. 물론 타성은 목신제에도 참여시키지 않았고 다른 사람들은 어떤 신탁도 하지 못하게 했다.

명씨들이 매우 배타적이기도 했지만 혹여 몰래 다른 사람들이 신탁을 하더라도 최소한 목신만큼은 강한 아이덴티티를 주장하고 그에 따른 자부심과 '편'에 대한 자신감이 대단했기 때문에 타성은 신의 목소리를 들을 수 없다고 믿었다. 타성들은 한동안 신 없이 신을 모셨다. 사람은 있으나 신이 없다는 말이 바로 이 말이었다. 이곳을 답사하면서 후덕리 2구 비보림에 새 목신을 들인 까닭이 이해가 갔다.

그들이 타성에게 목신을 연 것은 그리 오래 되지 않았다. 그렇게 어렵게 처음으로 목신을 마을 사람들에게 내놓은 것은 겨우 그 마을에서 타성으로 오래 살아온 사람에게 열기 시작했고, 얼마 전부터 마을신이 되었다. 그렇게 완전히 마을신이 되자 이번에는 사람들이 없다.

14

변신의 귀재, 용왕신에서 목신으로 몸을 갈아 탄
연지리 절영우면(絕纓優面) 목신

　상전벽해라는 말은 곧 이 마을을 두고 한 말이다. 이곳
은 조선 후기까지도 바다였고, 주로 바다에 나가 생활을
했다. 포구가 안쪽으로 밀고 들어와 모진 해풍의 피해도
적었지만, 바다로 나가는 길은 가까워 뱃사람들에게는 최
적의 마을이었다. 더구나 마을 뒷산에는 아주 신험한 용왕
신을 모시고 있어 뱃사람들이 사나운 바람에도 바다로 나
가는 일을 두려워하지 않았다.

그런데 어느 날 갑자기 바다가 육지로 바뀌면서 사람들의 생활 뿐 아니라 신앙 사유체계까지 모두 바뀐 마을이다. 그 마을 한 가운데 느티나무가 마치 세월이 잘린 듯 나무도 세월처럼 잘라져 옆으로 퍼진 나무가 잎마저 떨어져 처연하게 서 있다. 이 나무는 본래 용왕당신을 모시던 나무였다. 바닷사람들이 지내는 용왕신으로 대접을 아주 잘 받고 있었다. 가끔 해오는 신탁을 들어주며 무난히 뱃사람들의 신의를 얻고 있었다. 마을 사람들도 바깥세상 돌아가는 일과는 상관없이 살고 있었다.

그러는 동안 바깥세상은 안동 김씨의 세상에서 흥선대원군 세상으로 바뀌었다. 그런데 세상이 바뀌니 바다도 바뀌었다. 그 틈새에 생겨난 각색된 설화 한 토막이 이 마을의 운명을 바꾸고 있었다.

흥성대원군이 와신상담, 아들 명복을 왕으로 올리는데 성공한 후 안동 김씨의 정권을 무너트리고 드디어 섭정을 하면서 그의 세상을 만들어가고 있었다. 그런데 그의 야심찬 아들 결혼 이벤트는 결국 부메랑이 되어 돌아왔다. 고종과 결혼을 한 민씨는 명성황후가 되어 힘없는 남편 고종의 정치력을 회복하는데 주력했다.

그 과정에서 그녀가 간과하지 않은 것이 바로 시할아버지인 남연군의 묘 이장에 관한 이야기였다. 시아버지인 흥선 대원군이 지사 정만인을 통해 예산 가야산 아래 이대천자지지라는 명당을 손에 넣고 아들로 하여금 조선의 왕통을 잇는데 성공했다는 데 눈이 갔다. 명성황후는 그 유명한 비선실세 무당 진령군의 말대로 신안을 가졌다는 수많은 지사를 통해 아버지인 민치록의 묘를 이장하기 시작했다. 그 과정을 사람들은 사천오장, 즉 묘지를 네 번을 옮겨 다섯 번을 묻었다는 것이다. 그 마지막 자리가 바로 보령 주산이었다. 이 마을에서 보면 바다 건너편 배제산 아래 터였다.

이 터는 마치 가야산에 있는 남연군 묘지 터를 옮겨놓은 듯이 그 형세가 비슷하고, 소위 풍수에서 말하는 주산의 모습도 웅장했고, 용의 흐름이 비슷하고, 그 혈의 모양이 비슷했다. 더구나 남연군의 묘에서는 보이지 않는 물까지 얻어 바람을 갈무리하고 있었다. 물을 얻어야 비로소 명당이라 할 만 하다는 그런 터를 손에 넣었다. 그녀는 그곳에 아버지를 마지막으로 이장하고 때를 기다렸다.

그것이 그렇게 맞아 떨어졌는지 고종이 왕권을 회복하고 흥선대원군은 실각하여 운현궁에 물러나 앉아있었다. 그러나 곰곰이 생각해보니 며느리가 괘씸하기도 하여 그 행적을 찾아보니 뚜렷한 것은 보이지 않고 다만 친정아버지 민치록의 묘를 사천오장했다는 소문만 무성했다. 그는 정만인을 시켜 그곳을 가보라 한즉, 터가 너무 좋다는 것이다. 그래서 그 터를 무너트리는 것은 바로 그 앞에 있는 물을 없애는 것이요, 물이 없어지면 자연히 그녀의 권력 또한 물이 빠지듯이 없어질 것이라는 진단을 받았다.

그 후 흥선대원군이 찾은 명분은 조선 백성들의 식량문제를 해결하기 위해 간척을 해 바다를 메워 땅을 만드는 것이요, 그 적지가 바로 보령 앞뜰이라는 것이다. 그때 만들기 시작한 간척사업이 바로 이곳이요, 그래서 생긴 것이 이 마을 앞들이었다.

그렇게 해서 다시 정권을 잡은 것은 흥선대원군이요, 명성황후의 목숨줄은 불붙은 연줄 같아 경각에 달려 있었다.

둥치에 비해 차지한 바가 좁고 옹색하여 처연하기까지 하다.

그러나 이 설화 속에서 끈 떨어진 연 신세는 명성황후 뿐이 아니었다. 어느 날 용왕신에게 허무맹랑한 일이 벌어진 것이다. 바다가 없어진 것이다. 바다가 없어지자 바람이 없어지고, 바람이 없어지자 바람을 타고 다니는 용왕신은 갈 곳이 없어졌다. 마을 사람들도 용왕을 버렸다. 당연히 용왕당집도 무너져 내렸다. 흥선대원군 자신의 정권욕은 채워졌지만 용왕신은 물이 빠진 바다 위에서 갈 길을 잃고 말았다. 처음에는 생활 버릇을 놓을 수 없었던 사람들이 멀리 배를 두고 고기를 잡으러 가기도 했지만 그도 점점 희박해지며 애꿎게 들이 되어버린 마을 속에 용왕신은 사람들이 찾지 않는 섬이요, 갈 곳을 잃은 바람이었다. 용왕의 신세가 참으로 딱했다. 실로 절영우면(絶纓優面), 탈의 끈이 끊어진 광대와 같았다.

그러나 기회가 없는 것은 아니었다. 사람들은 육답이 되어버린 논에 모를 내는 것에 서툴렀고, 바다의 풍랑은 모질게 버렸지만, 속절없이 불어오는 높새며 삭풍같은 된 바람이나 작달비며 장마철 개부심들은 도무지 배를 몰아치거나 사람을 비틀거리게 하는 것이 아니라 하염없이 보이지 않게 작물을 파고들고 있었다. 더구나 아직 용왕의 덧신을 신고 있는 간척지에는 소금기가 날이 밝으면 작물을 타고 올라 추운 날 유리창에 성에 끼듯 했고, 더운 여름철이면 바싹 달라붙어 하얗게 몸대를 서로 비벼대고 있었다.

사람들은 또 어떠했는가?

노만 젓던 굵은 팔은 힘이 빠져 쭈글거렸고, 갯바람으로 그을린 얼굴은 땀냄새에 구역질이 났다. 갯내음이 없는 땅에서는 썩은 내가 진동하자 사람들의 몸은 쇠약해져 갔고 늙은 몸은 병들어 갔다.

사람들은 용왕을 버린 대가라고 생각했다. 용왕신의 생각도 마찬가지였다. 신당으로 사람들이 몰려 왔다. 다시 신의 위세를 떨칠 기회가 온 것이다. 그러나 사람들의 생각은 조금 달랐다.

이미 바다가 없어진 다음에야 용왕신은 떠났다고 생각했다. 그들이 달려간 곳은 용왕당신이 있던 느티나무였다. 그들은 그곳에 용왕신보다 힘이 센 목신이 있다고 믿었다. 바다라면 몰라도 육지에서는 용왕보다는 목신이 더 우월하다고 생각했다.

어이가 없고 억울하긴 했지만 마을 사람들의 생각이 그럴진대 굳이 용왕신도 고집을 부릴 필요가 없었다. 재빨리 용왕당 느티나무로 옮겨 탔다. 그곳에서 목신의 행세를 했다.

그러면 어떠하랴. 목신으로 변신하여 바뀐 주민들의 신으로 우뚝 선 것이다. 마치 시대가 바뀌더니 사람 인심까지 바뀌어 조석변이한 인간을 닮은 듯 했다. 신도 인간이 바뀌면서 함께 바뀐다.

그러나 이곳 목신은 항상 꿈을 꾼다. 상위신인 용왕신이 하위신인 목신을 갈아탔으나 언젠가 다시 바다가 되어 용왕신으로 되돌아갈 꿈을 꾼다. 아직 마을에 남아 있는 늙은 뱃사람들이 먼 바다로 돌아갈 꿈을 꾸듯이 둘은 깃발 같은 꿈을 꾼다.

왕대 바위에서 내려다 본 서해바다

15 돌아가지 못하는 궁녀들의 귀향에 대한 애틋한 기원,
보령 궁촌 탑반(搭伴) 목신

　궁촌의 목신제는 오래된 목신제로도 유명하지만 샘제와
함께 지낸다는 것으로도 알려진 목신제로 대표적인 보령
의 목신제 중의 하나다. 보령은 주로 바닷가여서 용왕신이
나 바다에 관한 신앙 사유 체계가 발달한 곳이지만, 궁촌
은 바닷가이지만 목신제가 행해진 특별한 경우다.

　그러나 지금 궁촌에 가면 참으로 막막하다. 지금의 궁촌
은 궁뜰이라는 이름만 남아 있지 마을은 없어지고 다만
이곳이 마을이었다는 듯이 군데군데 묻혀 있는 몇 개의

주추만이 설화를 받치고 있을 뿐이다. 궁촌의 목신도 이야기만 전해져 오고 지금은 아는 사람이 드물다. 지금은 마을 입구 팽나무 목신제가 남아 있지만 이곳에서 지낸지는 오래되지 않았다. 주관하시는 분도 오래 전에 목신제가 있었다는 것을 알 뿐 정확한 사실을 몰랐다.

그러다가 우연히 '성질이 지랄같은 샘'이 있다는 소리를 듣고는 궁촌의 뒷산을 베고 있는 녹문을 찾았다.

궁촌(宮村)의 '궁'은 넓다라는 뜻에서 왔으니 궁들은 넓은 들을 말하고, 궁촌은 들이 넓은 마을이라는 뜻이다. 그런데 여기에 경순왕의 전설까지 곁들이게 된다. 다시 얘기해서 넓은 들을 의미하는 궁들이라는 지명에 신라 경순왕이 궁녀들을 데리고 근처 왕대산에 왔다가 무슨 급한 일이 있었는지 궁녀들은 남기고 경황없이 자신만 돌아갔는데, 그 때 남은 궁녀들이 모여 산 곳이라는 역사 전설이 기가 막히게 결합하면서 궁촌이 되었다.

당시 그 촌락은 주로 사람 살기에 적당한 배산임수를 적절히 갖춘 지금의 녹문 쪽에 형성되었으리라 본다. 그래서 궁촌하면 지금의 궁촌과 녹문까지 광범위한 지역을 포함하고 녹문은 그 궁촌 안에 노루목이라는 자연부락 마을로 자리 잡았을 것으로 본다. 이것이 내가 찾고 있는 목신도 주로 마을이 형성되었던 노루목 쪽에 분포되어 있을 것이라는 단서가 되었다.

노루목 궁촌은 궁촌천을 따라 조금만 내려가면 왕대산과도 맞닿아 있고, 이 왕대산에는 경순왕이 시름을 달랬다는

왕대바위, 왕이 사신이 돌아오기를 목 빼고 기다리던 의자가 선연하다.

설화가 있는 왕대바위와 마애불이 있다. 그러나 설화가 어느 정도 역사성을 가지고 있다는 것을 감안하면 이곳과 경순왕과의 역사적 관계는 매우 희미하다. 그렇다고 이곳 왕대바위의 설화에 역사성을 없앤다는 것도 그렇고, 다만 이곳 설화의 주인공을 경순왕이 아닌 경명왕으로 대치하면 그 역사적 고리를 설화에 매달 수 있다. 이렇게 해야 궁촌이라는 마을을 역사성에 편입시킬 수 있고, 설화의 당위성도 찾고, 그 후에야 궁촌과 연결된 목신제에도 닿을 수 있다.

경명왕은 신덕왕의 아들이다. 경순왕의 외할아버지이자 신라 54대 왕으로 경순왕보다는 2대 위의 왕으로 무너지는 신라의 국운을 태생적으로 안고 태어난 박씨 성를 가진 왕이다. 그렇다면 그가 어떻게 왕대바위와 마애불의 주인공으로 등장하게 되는지 구성해보자.

비록 경명왕은 힘없는 나라의 왕으로 어쩔 수 없이 왕건에 몸을 기대어 매일 술을 퍼마시며 탕진했지만, 그의 술잔 속에는 신라를 일으키고자 하는 욕망이 출렁이고 있었다. 그러나 주변에는 방법이 없었다. 스스로 일어나기에는 나라 힘이 너무 빠졌고, 그렇다고 고려를 세운 왕건도 믿을 수 없었고, 후백제의 견훤은 더더욱 노골적으로 나라를 삼키려고 들이대고 있었다. 그때 생각 난 것이 당나라였다. 당나라라면 지금의 신라를 있게 한 장본인이요, 그동안 쌓은 정분도 있고, 선대들의 밀약도 있었다. 방법은 당나라뿐이었고, 다시 당나라에 의탁할 수밖에 없었다. 그러나 갈 길이 막혀있었다. 남해 해상권은 이미 왕건이 장보고의 권한을 이양 받아 장악하였고, 서해 해상권은 왕건과 견훤이 양분하여 당나라로 가는 바닷길을 막고 있었다.

오직 남은 것은 웅천주, 즉 보령 뿐이었다. 웅천주는 얼마 전 김헌창의 난도 있었지만, 그곳은 김인문의 봉토로 후손들이 아직 왕궁과 연결되어 있지 않은가? 어찌 보면 상황이 선대 김인문이 신라를 통일할 당시와 비슷하게 전개되고 있었다.

김인문이 누구인가? 김인문은 삼국의 싸움에서 제일 열세에 놓인 신라를 외교를 통해서 단숨에 최강으로 올려놓고 삼국을 통일을 하게 한 신라 최고의 외교관이었다. 그 공으로 후손들에게 웅천주를 봉토로 받았고, 또 신라 후대에 반란을 주도했던 사람도 그 후손 중 한 사람인 김헌창이었다.

경명왕은 많은 반대와 위험을 무릅쓰고 직접 웅천주 경략에 들어간다. 그곳에는 김헌창의 후손 중 원성왕 계열을

도운 김종기, 그의 후손인 김흔이 당시 김인문의 봉토를 유지하고 있었다. 이 김흔에 의해 성주사가 세워지고, 진성여왕의 명으로 최치원이 낭혜화상비를 쓰게 되니 이미 김흔은 중앙 권력과 관계가 깊은 지방 호족이었음을 알 수 있다.

어렵게 그들을 설득한 경명왕은 660년 경에 백제의 끊임없는 공격을 피해 김인문이 외교력을 발휘해 오히려 당나라에 구원을 통해 신라가 통일 되었듯이 이제 후백제의 빗발같은 공격을 막기 위해 김락(金樂) 등으로 사신단을 꾸리고 후당으로 사신을 보낸다. 923년(경명왕 7)이었다.

그러나 사신은 돌아올 기미가 없고 점점 초조해진 경명왕은 다시 이듬해에 김악(金岳) 등을 사신으로 파견했다. 그 사신단에 모든 것을 걸었다. 그리고 이번에는 직접 웅천주에 나섰다. 그는 당나라로 가는 뱃길이 보이는 왕대산에 올라 기원을 시작했다. 작은 사찰도 지어 거처를 겸한 도량처로 삼았고, 부처를 봉안하기 전에 바위에 여래불을 새겼다. 급한 김에 새기다 보니 선만 강조했다. 부처가 완전히 바위를 뚫고 나오지 못하고 얼굴만 비쭉 내밀고 있어도 괜찮았다. 그리고 시간이 날 때 마다 왕대바위 꼭대기에 올라 사신단이 좋은 소식을 가지고 돌아오기만 학수고대하였다. 그곳엔 지금도 당시에 다듬어 놓은 그의 의자가 바위 꼭대기에 남아 있다.

그러나 이미 당나라도 국운이 기울고 5대 10국의 어지러운 군벌의 싸움 속에서 다른 나라를 돌볼 여력이 없었다. 당나라의 외면 속에 사신단은 실패할 수밖에 없었다.

그러다가 견훤 세력에 발각이 되고 다시 경주로 쫓겨 갈 즈음 경황이 없어 궁녀들은 이곳이 두고 홀로 돌아갈 수밖에 없었다. 이때 남겨진 궁녀들이 모여 산 곳이 왕대산 부근 마을이었고, 이 마을이 궁촌이 되었다. 이들은 늘 불안감에 살아야했고, 그 불안감을 조금이라도 해소시켜준 것이 바로 신들이었다. 때가 되면 왕대산에 올라 부처에게 빌었고, 자신들의 안녕을 시시때때로 마을신들에게 빌었다. 나무가 있으면 목신을 불러들였고, 샘이 있으면 수신을 불러들였다. 산에 오르면 산신을 불렀다. 이렇게 시작한 것이 궁촌의 신제(神祭)가 아니었을까.

이렇게 급하게 쫓겨가며 남겨진 궁녀들은 궁촌을 이루고, 왕의 무사함과 어렵게 떠난 사신을 위해 할 수 있는 일이라고는 기원밖에는 없었다. 경명왕과 궁녀들이 마애여래불에게 그 기약 없는 사신들의 안전을 기원했으나 끝내 사신은 돌아오지 못하고, 더 이상 나라를 지탱하지 못한 경명왕은 죽고 말았으니 왕대바위 여래는 밀물과 썰물이 들어왔다 나가는 서해를 홀로 바라보고 있을 뿐 말이 없다.

이렇게 시작된 기원제는 시간이 흐르고, 기어이 신의를 보이지 않았던 왕대사의 마애불 보다 당장 바닷가 궁벽한 곳에서 먹고 사는 데 급급한 것을 해결해주는 샘 신을 택했다. 바닷가에서 필수적인 샘물, 그것도 가끔 지랄을 하는 샘신을 달래는 샘제가 필요했다. 궁촌에 남아있던 궁녀들의 기원은 없어진 나라의 안녕보다는 기구한 자신들의 처지를 안고 있는 마을의 안녕과 무사함을 보장받기 위해 샘제를 택한 것일지도 모른다.

우리가 궁촌 녹문 샘을 찾아간 것은 늦은 오후였다. 급하게 해가 지는 늦가을 이었으니 서둘러 마을을 찾아 갔다. 찾아가 보니 샘은 덮개로 닫혀 있었고, 조심스럽게 덮개를 여는 순간 물이 매우 맑아 놀랐다. 논 가운데, 마을 안길 아래 있는 샘치고는 매우 해맑았고, 청순해 보였다.

녹문리 샘제를 지낸 샘이다. 샘지랄 때문에 늘 덮여 있다. 예전에는 샘 주변에 팽나무 노거수가 있어 샘제와 함께 목신제를 각각 지냈다.

서둘러 샘을 보고, 샘에 대한 이야기를 듣고 어둡기 전에 마을을 빠져나오기 위해 서둘러 나오는데, 마을 한 분이 소리 지르며 쫓아오고 있었다. 뭔가 할 말이 있는가 보다 하고 뒤척이며 마을 분을 기다리는데 샘 문을 닫지

않았다고 혼을 내는 것이
었다.

우리는 재차 미안하다고
사과하고는 돌아서는데 그
분이 화를 내는 것이 단
순히 구경하고 덮개를 닫
지 않아서 그런 것이 아
닌 것 같았다. 이미 그
샘은 마을 사람들이 사용
하지 않고 있었기 때문에
기껏해야 가물 때 논물을
대는 정도로 생각했기 때
문에 깜빡하고 잊은 것도
있었지만 대수롭지 않게
생각하였다. 그저 위험해
서 그런가 해서 사과하고
돌아서는데 뭔가 이상한
느낌이 들었다. 흔히 답사

녹문 샘에서 바라본 왕대바위, 지척이다.

객의 직감이라고 한다. 그래서 정중히 사과하고는 조심스
럽게 물었다. 자칫 화를 돋울 수 있기 때문이다.

"근데 왜 그렇게 화를 내세요? 그 정도로 화내실 일은
아닌데요?"
"샘 문을 닫지 않으니께 그렇지!"
"샘 문을 닫지 않으면 뭔 일이라도 일어나나요?"

"그럼. 샘 문이 열리면 물이 난리난다구… 물색이 시커 멓게 변하기도 하고, 이끼가 온 샘을 뒤덮어 시궁창이 돼버리거든."

"왜 그렇데요?"

"왜 그렇긴? 샘신이 지랄같아서 그렇지…."

아, 그랬다. 샘이 지랄 같다는 말이 모든 것을 표현하고 있었다. 그들이 샘제를 지낸 연유였다. 이 물은 암물이었 다. 이 마을에는 숫물과 암물이 있었는데 시간이 지나 숫 물은 언젠가 없어지고 말았다. 숫물이 없어지자 암물의 앙 탈은 더 없이 자주, 그리고 커져갔다. 보다 못한 마을 사 람들이 안타까워 샘 부근에 숫물을 대신하는 팽나무를 두 어 해마다 샘에다 샘제를 지내면서 나무에도 잔을 부었다. 목신을 앉힌 것이다. 그러나 이곳 목신은 샘신의 짝패였을 뿐이다. 사람들이 필요해서 들인 신이 아니라 샘신을 달래 기 위해 앉힌 동무였다. 그 목신은 밖으로 나오지 못하고 오직 숨어서 샘신의 짝만 되었다. 당연히 신탁은 이뤄지지 않았다.

그런데 어느 날 나무가 죽어버린 것이다. 목신의 몸주가 없어졌으니 목신제도 없어졌다. 짝신 숫물이 없어진 뒤로 는 물이 '지랄'을 부리기 시작했고, 물이 '지랄'을 부리면 마을 사람들이 물을 길어다 먹을 수가 없었을 뿐 아니라 마을에 변고까지 몰고 오는 것이었다. 그 뒤로는 꼭 필요 할 때를 제외하고는 물을 닫아놓고 때가 되고 시가 되면 제를 올려 물신을 달래야 했다.

인간과 신과의 관계는 참으로 묘하다. 신이란 인간이 부르지 않으면 나올 수 없고, 그렇게 나오면 또 인간을 지배한다. 그리고 그 지배력이 떨어지면 또 인간은 신을 버리고 버림받은 신은 또다시 부를 때까지 신발(神發)을 기르며 기다려야 한다. 신과 인간과의 관계에서 언제나 신이 주체인 것 같지만 인간이 능동적이고, 언제나 신은 수동적이다. 특히 목신이 그렇다.

이렇게 궁촌리 목신은 없어지는 듯 했다.

녹문리 마을 입구의 신목, 지금은 이곳에 목신제를 지내고 있다.

그런데 뜻하지 않게 녹문리에서 잠자던 목신을 불러낸 것은 마을 앞 도로의 사고였다. 암물이 지랄을 부리면서 도로 앞에서 사고가 빈번해진 것이다. 마을 앞에 도로가 생기고 샘에서 흘러나간 궁촌천을 가로지른 다리가 생겼는데, 이때부터 이곳에서 사고가 빈번하게 생긴 것이다. 그러자 마을 사람들은 목신이 화를 내고 있다고 생각했다. 그래서 부활시킨 것이 녹문리 팽나무 목신제다.

그러나 이 목신의 신의는 전혀 다른 곳을 향해 있었다. 마을 사람들의 안녕을 위해 지내기 시작한 목신이 다른 사람의 안전은 보장했으나 자신의 동네 사람들은 보호하지 못했는지 마을이 분란을 일어나고 이제 그나마 목신은 없어질 위기에 처해 있었다.

지금은 샘신은 지랄하지 못하게 덮개로 닫아놓아 신의를 외면하고 있었고, 팽나무 목신은 마을 사람들에게 팽 당할지도 모른 채 마을 입구에서 그 위용을 당당히 드러내고 있다.

16 베개 양각에 숨은 시정이 목신이 된
서천 비인 임벽당 목신

서천의 비인 남당리 마을에 은행나무 두 그루가 마치 방금 터진 석류마냥 자유를 얻었다는 듯이 양팔 벌려 산속을 뚫고 하늘로 나가고 있다. 압록강 아래 조선 제일의 여류 시인 김임벽당의 처소와 사색의 길에 심어졌던 은행나무다. 이곳에 오면 비바람 두려워서 모두 낮게 엎드렸던 수풀들도 모두 은행나무의 황금빛 고운 가지들을 향해 일어나듯 상쾌한 곳이다. 이 은행나무에는 특이하게 여성 목신이 자리잡고 있다.

은행나무 밑에 음력 정월 보름이면 후손들이 모인다. 그러나 자세히 보면 후손들보다 다른 사람들이 많다. 그리고 마을 사람보다 객지 사람들이 더 많다. 오히려 후손들이 사람들 속에 듬성듬성 끼어들어 임벽당에 대한 이야기에 귀 기울이며 손님을 맞이하고 있다.

이 은행나무를 볼 때마다 자유와 균형을 생각하곤 한다. 좌우 밖으로 뻗은 자유를, 안에서 둥치가 잡아주는 균형이 임벽당의 절제된 자유를 보는 듯 하다.

사람들은 시심을 안고 모인다. 시를 몰라도 시를 얘기하고, 시정이 없어도 감정의 흐름을 타고, 감정이 없으면 몸으로라도 시를 얘기한다. 모처럼 나들이옷을 차려 입은 농사꾼도 시를 얘기하고 장사꾼도 오늘만은 이권을 접고 시를 얘기하고 정치꾼도 속셈을 감추고 시를 얘기한다. 그렇게 500년이 넘은 은행나무 밑을 거닐다 보면 누구나 시를 말하고, 시를 음미한다. 김임벽당의 시를 은행나무 목신이 품고 있기 때문이다.

　임벽당! 그녀는 조선 시대 수많은 여류 시인 중에 고작 남아 있는 일곱 수의 시만으로도 많은 여류 시인 중의 으뜸을 비례(比例)하는 시경(詩境)이다. 조선보다는 중국에서 먼저 알아 봤고, 가족보다는 다른 사람이 사랑했고, 안보다는 밖에서 더 빛이 났고, 시인들 보다는 시인 아닌 사람들의 그리움을 받는 시인이다.

　김임벽당의 시아버지 유기창은 연산군에 의해 유배를 갔지만, 중종반정으로 연산군이 국왕에서 물러나자 유배가 풀리고 다시 벼슬길이 열렸으나 연산군에 대한 불사이군의 충절로 남당리로 낙향하였고, 그의 둘째 아들이자 임벽당의 남편인 유여주는 기묘사화 때 의리를 지키기 위해 남당리 도화동으로 내려와 은거하니 이때 지은 임벽당이란 정자가 바로 이름의 알려지지 않은 김씨 부인의 별호가 되었다.

　궁벽한 촌이라 풍족하지는 않았고, 세상이 바로 서지 못하고 어지러워 은둔한 형편이었지만 그들은 세상을 한탄

하지도 그렇다고 세상을 희희낙락 즐기지도 않은 분들이다. 이별의 아픔에도 악 지르며 설워하지도 않았고, 외진 산골에서 사람 없이 살아도 외롭다고 몸을 서리지도 않아 외로움을 외롭게 사신 분들이 아니다.

은행나무는 집안에 심지 않는 것이 관습이었으니 분명 집에서 떨어져 있었을 것이고, 집은 은행나무을 기준으로 오른 쪽 위쪽에 자리잡았을 것으로 추정한다. 따라서 전체 구조는 배산을 하여 집을 앉히고, 집을 나와 정원이 있던 곳에 세 그루의 은행나무를 심고, 그 옆에 임수하기 위한 연당을 파고 연이은 세 개의 정자를 지었는데, 그 중에 하나를 집 쪽의 둑에 기대어 임벽당이라는 정자를 지었다. 임벽당이라는 정자는 반은 둑에 반은 물속에 잠기어 뭍에서 올라가 물위에 서고, 물위에 서서 자연과 세상을 관조할 수 있었다. 그것이 시정으로 나타났다. 옆에 있는 사당인 현재 청절사 대문 기둥이 바로 두 부부가 시정을 받들던 임벽당의 물 속 기둥이다.

그리고 연당은 그들 부부가 집을 나와 거닐었던 산책로였고, 그녀의 사색 공간이었다. 이들은 둘이 함께 사색하기 위한 산책로를 겸했기에 후원을 두기보다는 정원을 두기 원했을 것이고, 두 물이 합쳐지는 곳까지 은자들이 살기에 적당한 곳으로 꾸몄다.

임벽당에 머무르면서 숨어사는 남편을 탓하지도 않았고, 남편을 시골구석으로 몬 시대를 탓하지도 않았다. 그녀는 자연을 받아들였고, 세상을 받아들여 자신의 것으로 만드는 재주가 바로 시였다.

이쯤 되면 사람이 곧 자연이요, 자연이 곧 그녀의 일부였으니 그녀의 시 또한 자연이었다.

그녀 시정의 시작은 바로 이곳, 도화동이었다. 그녀는 그랬다. 시로서 세상을 받아들였고, 여사(餘事)의 즐거움이 바로 시였다.

작은 마을 그윽이 깊은 한 구석
자연 몹시 사랑하니 근심 잊을 만 하네
인간사 옳고 그름 얽매이지 아니하고
꽃 지면 봄, 잎 지면 가을인 줄 안다네*

어느 날 임벽당이 집에서 쉬는데, 먼 데서 집안사람이 찾아왔다. 아마 기묘사화 때 경황 없이 뜬구름처럼 헤어져 누가 어디로 흩어졌는지 모르고 있는데 친척이 물어물어 찾아왔을 것이다. 그러나 당시 이 집을 찾아온다는 것은 사화에 연루될 지도 모르는 매우 위험한 일이었는데도 불구하고 찾아온 것이 무척 고마웠다. 그렇게 고마운 사람이 찾아왔는데도 대접할 것이 없었다.

얼마 전 종손(從孫)이 찾아왔는데 대접할 것이 없어 변변치 못하게 대접하고는 집이 가난하여 대접할 술이 없다 하여 하루 묵으러 왔다가 그냥 돌아가 얼마나 가슴이 찢어지는 고통을 가졌던가.

그렇다고 지금이라고 사정이 나아진 것은 없어 소식(蔬

* 문희순 역

食)의 거친 음식을 대접할 수밖에 없었다. 가난이 부끄러운 것은 아니었지만 미안하기는 했다. 그래도 이 친척은 고맙게도 맛있게 먹어주는 것이 아닌가.

혈육은 뜬구름처럼 흩어졌으니
오늘의 상봉 어이 알았으리오?
멀리서 찾아온 한없는 정
푸성귀 소찬이나 부끄럽지 않은 가난

목신이 여성이란 말을 듣고 반갑게 찾은 곳이었다. 일반적으로 목신은 남성이다. 아마 남성 중심적 사회에서 강렬한 메시지를 전해야 하는 신 또한 남성으로 보았기 때문일 게다. 어쩌면 그래서 마을 사람들은 이곳 목신에게는 특별한 신탁을 하지 않았는지도 모른다. 그래서 그런지 이곳 목신은 특별한 신의도 보이지 않는다.

이곳을 방문하면 왼편으로 유여주를 모신 청절사가 보이고 담을 같이 쓰는 민가가 있고, 그곳에 종손이 사신다. 지금까지 그곳을 지키고 있는 종손에게 물었다. 목신에 관한 한 별반 특별한 사연도 없고 강렬한 신의도 없어 목신제를 지낸 이유가 궁금했다.

"아니 왜 목신제를 지낸데요? 저 은행나무 목신이 세상에 나오긴 했나요?"

"그런 건 읎어. 근데 생각혀봐. 조선시대에 여자가 유명해졌는디 유명해졌다고 집안에서 사당에 신위를 모시고 제사를 지내겄어? 서원에 모시길 허겄어? 그 시대엔 어불

성설이지. 근디 이분이 워낙 대단한겨. 그래서 남정네들이 있는 밖으로 꺼내올 꾀를 냈지 않았겠어? 아무리 생각혀도 사람으로는 방도가 없는디 그게 신이믄 얘기가 달라지잖여. 그래서 사당의 신위로는 모시지 못 허고 목신으로 모시기로 생각헌 거 아니겠어? 그렇다면 그분이 심었다는 은행나무가 제 격이지.”

"언제부터 지냈는지는 아세요? ”

"글쎄, 한 이백 년은 안 됐것어? 그나마 여자들이 세상에 나오기 시작헌 게 그때쯤이니께. 정확한 건 우리도 물러… 오래됐다는데, 지내다 안 지내다 했으니께….”

맞다. 맞을지도 모른다.
임벽당이 시인으로서 명성이 중국을 오가고 조선에서는

셋째 손 안에 들어 압동 이후 최고라는 찬사를 들었다. 유씨 집안에서는 당연히 경사였고 집안의 자랑이었다. 유고시를 모아 시문집도 간행하고 세상에 알리는 데 힘을 쏟았다. 그런데 그 뿐이었다. 세월은 사람을 잊고, 또 다른 시는 새로움이 다시 나와 사람들을 감동시킨다.

마땅히 추앙할 사(祠)도 없었다. 서원에 모신다는 것도 어불성설이요, 기념 시비조차 세울 수 없었다. 집안 제사를 모시면서 추모하며 가족 몇몇이 자랑스러워 하기엔 그녀의 시심이 임벽당 은행나무처럼 세상을 향해 터진 석류였다. 그래서 그 안타까움에 모색한 것이 바로 신을 만드는 것이었다. 가부장 세계가 인정한 작은 지혜였다. 조선의 여성은 한 가정의 소유였지만 신은 누구에게나 당당한 표현이었다.

그녀가 심었다는 은행나무에 그녀의 목신을 세운다. 목신을 세운다는 것은 이미 그녀를 집안에 가둔 관습에서 벗어나 세상 속으로 내놓은 것이다. 대학자들이 서원이 배향되어 추모되었다면 그녀는 목신이 되어 추모를 받는다. 그것이 벌써 200년이 넘었다 한다.

아마 임벽당이 당시에 세상에 나오는 길은 목신밖에 없었을지도 모른다. 이곳의 목신은 인간의 혼이 신으로 신격이 상승된 목신으로 일반 목신보다도 격이 높다. 다만 임벽당 목신은 사람들이 신탁을 하지 않고 목신 또한 신의를 보내지 않는다. 이곳의 임벽당 목신은 사람들이 이곳을 찾을 때마다 세상 속으로 날아갔다가 다시 돌아오는 학 같은 목신이다.

17

망국의 한을 유학으로 풀어낸

서산 남원마을의 망향 목신

서산시의 외곽 석남동은 서해 바다가 부석과 고북면을 헤집고 깊게 파고 들어와 율곶을 만들어 바다가 가까이 접해 있다. 이 석남동 남원 마을의 양지바른 곳에는 위세가 당당한 은행나무가 있다. 그 둥치가 엄청나 한참을 돌아야 아름을 잴 수가 있다. 아름도 아름이지만 높이 또한 엄청나 꼭대기에 아스라히 걸친 까치집은 망루처럼 사방이 트여 서해 바다 보기가 쉽다. 비록 나이는 1000년을 넘게 먹어 본 둥치는 삭정이가 되었지만 샛가지가 나고 또 나서 뻗어나가길 지치지 않고 하늘 높은 줄 모르고 치솟기만 하는 것은 한 치라도 더 멀리 볼 수 있다는 희망이라도 찾는 듯하다.

이 은행나무에는 타향살이 망향의 목신이 있다. 나라를 잃었다는 설움, 고향으로 돌아가고 싶다는 간절한 소망이

만든 목신이다. 이곳 목신제는 다른 목신제와는 달리 칠석에 제를 올리는데, 그것이 망향 목신인 이유다.

이곳은 타향살이 하는 사람들이 모여 살았다는 것은 남원마을이라는 이름에서부터 알 수 있다. 본래 이곳은 원이 있어 여관이 있던 곳으로 어차피 타향을 떠돌던 사람들이 객수(客愁)를 달래던 곳이었다. 부근에 망운대가 있는 도비산이 있었으니 그 또한 고향을 그리는 사람들에게는 적당하지 않을 수가 없었다.

서산은 여행의 끝이다. 여행객이 향수병의 극에 다다를 무렵, 나타난 것이 바로 서산의 남쪽 끝 마을인 남안의 원이었던 것이고 그 마을이 그대로 남원 마을이 되었다. 이곳은 주로 타지인들이 모여 살기 시작했다. 그들이 의지하기 시작한 것이 목신이었다.

그러나 좀더 들여다보면 멀리 고려 시대까지 거슬러 올라간다. 송나라 학자 정신보는 몽고에 의해 나라가 망하자

불사이군, 두 임금, 그것도 오랑캐의 임금을 섬기는 것은 의(義)가 아니라 생각하여 작은 돛단배 하나에 몸을 의지한 채 송을 떠나 표류했는데, 그가 도착한 곳이 서산 간월도였다. 그러나 고향이 그리운 것은 어쩔 수 없는 상사(想思). 거처를 대사동으로 옮겨도 마찬가지였다.

그는 절강성 유학자 시절 송나라 성리학을 만든 주렴계나 정명도, 정이천을 사숙하였다. 몽고의 침략으로 송나라가 망하자 고려로 망명한 그가 지금은 안향에 앞서 조선 성리학의 최초 도입 유학자로 새롭게 주목받고 있다.

아들을 낳아 정인경이라 이름 짓고, 그에게도 잃은 나라 송을 잊지 않게 항상 부근의 높은 도비산에 올라 송나라를 바라보게끔 했다. 그는 구름조차도 고국을 향해 흘러가는 데, 자신은 가지 못하고 묶여있는 신세가 더욱 간절하여 망운대(望雲臺)를 세우고 평생을 조석으로 이 대에 올라 고국을 바라보았다. 이를 안타깝게 본 아홉 살의 어린

정인경은 아버지를 위로하기 위해 망향시를 쓰는데,

시름 속에 높은 산에 올라
멀리 바라보니 구름조차 북쪽으로 날더라.

문득 조상을 생각하니
눈물이 봄비따라 흐른다.

오랑캐의 풍진이 우주에 뻗혔으니
만리 밖에 떨어진 외로운 신하로다.
어느 날 하늘과 땅이 평온하게 되어
옛 나라를 다시 찾으리.

그때 심은 나무가 바로 남원 마을 은행나무이다.
이곳이 서산정씨의 본향이 된 이유다. 정신보는 바로 서
산정씨의 시조가 된다. 정인경은 성장하여 고려의 장수가
되어 아버지의 원수이자, 아버지의 나라 송나라의 원수인
몽고를 물리치는 혁혁한 전공을 세운다. 이후 서산에서 자
리 잡은 정씨들은 본향을 서산으로 정한 후 토호 세력으
로 막강한 지위를 누린다.
이때 당시 부성현이었던 서산에서는 정인경을 신격화하
여 성황신으로 모시며, 망향신의 최전성기를 누린다. 이
성황신은 막강한 호족의 신으로 한 지역을 호령하게 된다.

이렇게 시작한 신격화된 망향에 대한 사유는 뒤 이어

조선조에 이르러 정신보의 외손인 청주 한씨들에 의해 이어지게 된다. 진사 한영희(韓永禧)가 다시 이곳에서 살았는데 그는 경상도 창녕(昌寧) 사람이었다. 무슨 이유로 궁벽한 이곳까지 흘러왔는지는 몰라도 그래도 연고가 있다면 이곳의 토박이 성인 서산 정씨들이 자신의 외가쪽이라는 이유였다. 그러나 그의 벼슬이 진사에 이르러 지역 유지는 할 수 있었고, 어느 정도 재산도 불렸으나 자기 고향을 그리워하는 마음이야 어쩔 수 없었다. 그는 다시 그의 외가가 고향을 그리던 도비산에 올라 늘 고향을 바라다보다가 정인경이 세운 망운대(望雲臺)를 다시 중수하고 이곳에서 조석으로 망향(望鄕)하였다.

그러나 점차 서산 정씨들은 쇠락하여 1600여 년경 서산 정씨들의 외손인 청주 한씨, 한경춘, 한여현 부자가 지은 '호산록'을 지을 때 즈음에는 거의 쇠락의 길을 걷게 된다. 마찬가지로 서산 정씨의 성황신도 자연 그 위력이 떨어지고, 쇠락하게 되었다.

즈음하여 때마침 정신보 부자가 심은 은행나무는 무럭무럭 자라 그 몸집이 이미 신주로써 역할을 할 수 있는 지경을 넘어서고 있었다. 성황의 위력과 위엄이 무너지면 자연스럽게 서서히 주변 사람들이 다른 신들 속으로 유입되게 되면서 신의 교체나 신격의 하향이 이뤄지는데, 아마 이곳도 이때 목신으로 바뀌었을 가능성이 크다. 그러면서 대중화도 함께 이뤄진다. 살기 힘들고 팍팍한 삶을 연명하는 민중들의 소망이 담기게 되는 것이다. 당시 민중들의 삶을 기록한 호산록의 장면을 보면 왜 그들이 목신에게라도 기대는지 알 수 있다. 민초들의 고초를 알 수 있는 작은 단면일 뿐이다.

『 "아 ! 겨울철은 눈 속에서 이곳에 사는 뭇 백성들이 해산물을 잡는데 그 고생을 이루 말할 수가 없다. 무슨 까닭인가? 홑옷을 입은 가난한 어민들이 바다에서 얼음을 깨고 석화을 따고, 눈을 쓸고 낙지를 잡는데 맨발로 언 갯벌에 들어가서 천번 만번 고생을 하여 관청에 헌납하면 관리는 인정 없이 해산물을 더 배정하여 겨울철에 사용할 것이 부족하다고 핑계를 대고 독촉하여 받아들이고 있다." 』

그들은 은행나무가 무럭무럭 자라 신의 몸주가 될 수 있을 정도로 컸을 무렵, 누군가 목신을 앉혔을 것이다. 바닷가에 접해 있어 왜구의 침입이나, 그 생활이 열악했지만, 바다가 육지로 깊숙이 파고 들어있어 곶이 형성되어 있으니, 용왕신의 영향을 받기도 어렸으니 목신을 앉혔을 이유는 자명해진다.

이 지역으로 유입해온 성씨들이 토성으로 자리 잡고, 다시 서서히 그 토성이 물러나고, 새로운 성씨들이 유입되는 시기와도 겹친다. 비로소 망향의 목신이 제대로 앉히게 된 것이다. 물론 이렇게 성황신이 목신으로 격하될 때 성황신의 위력을 그대로 받을 수는 없지만, 그 기대만큼은 더욱 크다. 성황신의 신의는 정씨들만의 소유였다면, 목신은 모두의 소망이었다. 굳이 신격을 따지자면 고려 때, 정인경

을 신격화한 성황신이 조선을 거치면서 목신으로 급격한
신격의 하향을 가져온 것이다. 그렇지만 그 신의 정체성만
은 변하지 않아 신의 굴곡에도 망향신으로 역할을 다한다.
　그 후에도 계속 이곳은 떠나고 들어오는 사람들이 번갈
아 이뤄지어 타지인들과 현지인들이 항상 교차되면서 번
갈아가면서 살게 되고, 목신은 그 이유로 잘 유지가 된다.

까마득한 까치집은 망루처럼 높고, 자유로운 까치들은 자유로운 까치들은 속절없이 이별
한 견우직녀의 설움을 달랠 준비에 여념이 없다.

그러나 뜻하지 않는 일이 일제 때 벌어진다. 갑자기 목신제 폐지 조치가 내려진 것이다. 따지고 보면 일제의 입장에서 당연했을지도 모른다. 본래 이곳 목신은 나라 잃은 망국의 한이 망향의 그리움으로, 그리고 그 그리움이 신으로 승화된 곳이다. 그래서 목신의 정체성과 사유의 깊은 곳에는 망국의 한이 자리잡고 있다. 강제로 한일합방을 한 일제로써는 망국의 한을 풀고자 하는 남원 마을 목신제를 눈여겨보았고, 그것을 즉각 폐지했을 것은 짐작이 쉽다.

그 후 박정희 정권에서 목신계에는 또 한번의 수난이 일어나는데, 1975년 종교정화사업은 목신의 싹쓸이 사태가 일어난다. 그런데 세상의 모든 목신이 강제로 버려질 때, 이곳 목신은 찬란히 부활하는 멋진 장면을 연출한다.

새마을사업은 이 마을에도 들어오고, 새마을 지도자는 그 사업을 진두지휘하게 된다. 그의 부친은 고향을 두고 온 말하자면 실향민이었다. 타향받이가 많은 마을이다 보니 당연히 그가 새마을 지도자로 선출되었고, 그리고 정말 열심히 했다고 연로하지만 그는 지금도 자부한다. 그의 노력은 마을이 새마을 상을 받게 되었고, 당연히 마을 잔치가 벌어졌다. 그는 지금까지 당시에 마을 잔치에 온 지역 유지들을 하나하나 훈장처럼 기억하고 있다.

그는 모두가 미신이라고 몰아내고 있을 때 과감히 새마을사업 잔치상에 목신을 끌어들인다. 그는 은행나무 목신이 망향의 신인 것을 알고 있었다. 마을 사업을 따오고, 마을 안길도 넓히고, 지붕개량도 하고, 새벽종이 울리고 새 아침이 밝아올 희망이 벅차올 8월 무더위 끝에 그는 칠석날 목신제를 올린 것이다. 모두가 버릴 때 그는 다시 목신을 찾았다. 기관에선 모두가 어리둥절할 때 칠석 잔치라고 얼버무렸다.

칠석에 제를 올리는 이유도 간단하다. 서로 떨어져 있던 사람들이 만나다는 것은 타향살이 하는 사람들의 꿈이다. 그러니 칠석은 견우와 직녀가 만나는 날이니 객수를 달래는 사람들에게는 이보다 더 좋은 날이 없었을 것이다.

타향살이 하면서 고향에 두고 온 친척을 그리던 그의 부친을 위해 그가 다시 목신제를 복원한 것은 우연일까?

이로써 다시 남원 마을의 망향신은 부활되었고, 그들은 단지 망향에 대한 그리움만 신탁할 뿐이다.

절집과 부근
신앙이 공존하는
흥주사 은행나무의
심볼은 찬바람을
아랑곳하지 않고
더욱 확연하다.

18

스님의 꾀가 꿈에 속아 목신이 된

태안 흥주사 부근(府根) 목신

백화산은 태안의 진산이다. 마애삼존불의 소재산으로 백제 시대의 서해 망루와 대외 진출의 기도처였다. 백화산 동쪽 사면의 작게 뻗은 지맥에는 마애삼존불에 가려 잘 알려지지 않은, 그러나 여인들에게는 잘 알려진 흥주사라는 절집이 있다. 그 절집 앞에는 절집보다 오래된 은행나무가 있고, 그 은행나무에는 부처님의 화신인 목신이 있다.

흥주사 창건 설화는 고려 말 절집 짓기 방식의 전형이 보인다. 즉 먼저 그 땅이 어떤 형식으로든 불국토임이 증명되고, 그 후 절에서 수용하는 과정을 밟는다. 그 이야기를 상상하기란 어렵지 않다. 가히 불교의 국가라 해도 손색이 없을 정도의 고려에 스님들은 넘치고 넘쳐났다. 다행히 권문세족들과 연이 닿은 스님이면 좋은 땅에 절집을 하나 앉히고 주변 경제권을 틀어지는 것은 쉬웠지만, 그렇지 못한 스님들은 조그마한 암자를 짓거나 아예 마을로 들어가 소불당을 만들어 기도처를 세웠다.

어느 노승도 사정은 같았다. 절은 지어야겠고, 돌아다니다 보니 백화산까지 이르렀는데 그 기슭이 눈에 들어왔다. 높이로 치면 서해안의 최고봉이요, 그 품으로 보면 가히 부처님의 품이라 할 수 있었다. 깊이로 보면 속세와는 인연이 끊긴 곳이요, 경건하기로 보면 사방의 서기가 서려 모인 곳이었다. 그만한 터에 절을 짓는다면 그보다 좋을 수 없었다. 문제는 그 땅의 소유주가 귀족이라는 것이었다. 어떻게든 설득을 해야 하는데 방법이 없었다. 땅을 얻기 위한 꾀를 내기 위하여 그곳을 서성이다가 얼핏 잠이 들었다.

꿈을 꾸는데 산신령이 나타나 노승의 지팡이를 들더니 네가 자고 있는 이곳이 바로 부처님의 터이니 이 지팡이로 불국토임을 표시하라고 하고는 사라진다. 산신령이 부처님의 전령이 되어 나온 것이다. 꿈에서 벌떡 일어나 사방을 살펴보아도 산신령은 없고 지팡이만 옆에서 나뒹굴고 있었다. 스님은 얼른 지팡이를 들어 땅에 꽂고 기도하니 그 지팡이에서 뿌리가 내리고 잎이 피었는데 지금 이야기 하려고 하는 바로 그 은행나무였다. 스님의 꾀가 꿈에 속은 것이다.

그 은행나무는 지금의 태안읍 백화산 흥주사 앞에 자란다. 높이 20m, 가슴높이 둘레가 8.5m나 되는 거목이며 특이한 것은 3개의 맹아지(萌芽枝)가 줄기 아래쪽에 붙어 곧게 뻗어 있다. 썩은 부분이 많아 여기 저기 충전처리가 되어 있다. 나무 나이를 짐작할 수 있는 근거가 없으나 대체로 1,100년경부터 자란 것으로 짐작한다.

스님은 귀족에게 달려가 이 소식을 알리고 그곳이 바로 불국토임을 강조했으나 귀족은 꿈쩍도 하지 않았다. 상습적이고 상투적인 스님들의 요구라는 것을 알고 있기 때문이었다.

스님은 다시 꾀를 냈다. 또 다시 기도를 시작했다. 부처님이 죽은 지팡이에 생명을 주었으니 새 삶을 받은 은행나무가 부처의 화신이 분명했다. 기도에 기도를 하고 또 신탁에 신탁을 하자 드디어 답신이 왔다. '자식이 없는 사람이 스님의 은행나무 지팡이에 기도를 하면 자식을 얻게 하리라.' 기도란 그런 것이다. 간절하면 답이 온다.

이번에도 기도가 꾀에 속았다. 부처의 목신화가 이뤄진 것이다. 부처의 화신이 된 것이다. 목신은 산신령에게 부탁할 것이고, 산신령은 다시 부처에게 신탁하면 목신을 통해서 신의가 발현된다. 이곳은 목신 중에는 몇 안 되는 부처의 화신이다. 꽤 높은 서열을 가진 목신이다. 절집 안에 있는 목신이 이곳 말고도 금산의 보석사라든지 몇몇 되지만, 이 목신들은 대부분 목신이 절집에 수용 이전의 모습이라서 그 서열이 매우 낮지만, 이곳은 창건 설화와 맞닿고 있기 때문에 부처의 화신으로 그 서열이 꽤 높은 편이다.

　신의 목소리를 들은 스님은 쾌재를 불렀다. 그리고 다시 귀족에게로 달려갔다. 스님은 마지막 신탁 카드를 꺼냈다. 사실 이 카드를 꺼낸다는 것은 약간의 모험이 필요했다.

　마침 자식을 얻고자 하던 귀족이 그리고 자식이 땅보다 더 급했던 귀족에게 그의 모험을 제안했다. 자신의 기도를 믿어보라 설득했고, 자식을 얻고자 하는 맘이 급한 귀족이 그의 모험을 덥석 받았다. 물론 그는 믿는 구석이 있었다.

　그의 신탁은 두 가지를 다 얻을 수 있는 일석이조의 신탁이었다. 하나는 아이를 낳는다면 물론 좋을 것이고, 나머지 하나는 만약 아이를 얻는다면 그 아이가 계속 절집을 지켜줄 것이기 때문이다. 이는 절집의 포교 방식의 다른 표현이다.

　오래잖아 아이를 얻었고 귀족은 터를 내놓았다. 그의 신탁 카드가 통했던 것이다. 스님의 모험은 다행히 그 귀족이 아들을 얻음으로써 계속될 수 있었다. 그렇게 모험을

건 은행나무에는 목신이 신의를 행하다가 미처 거두지 못한 유주가 지금까지 남아 있다.

그러나 아이 없는 여인들에게 믿음을 주는 심벌이 되었다. 남성의 성기처럼 생긴 이 유주는 흥주사의 전설처럼 빌면 아들을 낳는다는 설화를 확인하는 도장처럼 떡 하니 아들을 기다리는 여인들을 향하여 발기된 채 1000년을 버티고 있다.

모든 설화는 한번의 우연으로 만들어지는 것이 아니라 여러 번의 입증을 통하여 만들어 지는 귀납적 결론이요,

부근 신앙이 기세를 떨치자 절집에서는 다시 부처님을 은행나무에 봉안하고 목신이 부처님의 화신임을 알리고 있다.

이 수많은 입증을 통한 귀납적 결론이 일반 대중들에게 연역으로 받아들여져 완성하게 되는 것이다.

이런 면에서 보면 이 설화는 분명히 많은 사람들이 이 은행나무에 기도를 한 후 아들을 본 것이 틀림없다. 그리고 그 영험함은 바로 그 유주에 있다고 믿었음이 분명하다. 만약 그 영험함이 한두 번에 그쳤다면 사람들이 목신을 부르진 않았을 것이다. 그래서 사람들은 그 성난 성기가 아들을 점지하는 목신의 것이라 확신했다.

이렇게 얻은 목신의 아들은 또 목신의 아들을 낳고, 또 그들이 목신의 아들을 낳아 귀납을 완성하며 내려온 시절이 어느덧 불교 왕조가 바뀌어 유교 왕조인 조선에 이르게 된다. 아마 1500년대를 전후에 이르러 태안 군수 이일이라는 사람에까지 이르게 되었다. 조선 왕조에서의 절집은 항상 존폐의 경각에 이르고 있었다.

때마침 이일이라는 군수에게도 아이가 없었는데 이곳에 와서 기도한 후에 아이를 얻게 된다. 결정적 귀납의 증거가 된 것이다.

전 군수가 그 기도 덕에 아이를 낳았으니 후임에게도 그 행운이 올 수 있도록 이어짓게 했을지도 모른다. 조선 시대 절집이 살아남을 수 있는 방편이었다. 그런데 그 후에도 귀납적 우연은 계속되었고, 목신 또한 지금까지 모셔지고 있다.

이곳이 하필 비구니사찰이라는 것은 아마 가혹한 수행을 하라는 의미일 것이다. 오가며 봐야 할 유주에 비로소 미소를 띨 수 있을 때 수행은 시작되는 것이다.

19

자기 희생으로 얻은 자유,
정안 보물리 도나무 목신

정안의 보물리 목신은 금산 추부의 행정 목신과 많이 닮은 듯 하지만, 닮지 않은 목신이다. 마치 성격이 다른 형제 같다는 것이 맞을 것이다. 닮은 점이 있다면 집성촌을 등에 업고 나타남으로써 일정하고 안정된 팬덤을 형성한 것으로 보아 모험적이기 보다는 상당히 안정적인 기반을 택했던 목신이다.

그러나 다른 점은 행정 목신은 자신의 것을 뺏기지 않으려는 집성촌의 특성을 잘 보여주듯이 몸주를 뺏기는 것이 서러워 사람들 앞에 나타났다면, 한편 보물리 목신은 자기 희생을 요구하는 집성촌의 특성이 은유적으로 잘 나타나 있어 자신의 몸주를 스스로 희생시켜 마을을 구하면서 사람들 앞에 모습을 나타내고 있다는 점이 다르다.

보물리 목신이 마을 사람 앞에 나타나는 정황을 보자. 주변 마을에 심한 불이 났다. 이 불은 삽시간에 이웃마을

목신의 입장에서 바라 본 동구밖 모습, 병목이 떡 하니 버티고 장판교의 장비처럼 마을을 지키고 있다. 불길이든 외세든 이곳을 지나지 않고는 마을로 진입할 수 없다.

을 삼키더니 급기야는 보물리까지 세차게 번지기 시작했다. 보물리는 한화 김승현 회장의 조부 묘가 있어 유명한 복호혈 명당으로 바람을 잘 갈무리하고 있지만 그만큼 길고 오목한 지형에 집들이 들어서 있어서 불이 한번 나면 마을 전체가 불길에 싸이는 것은 삽시간이었다. 사람들은 불안감에 휩싸였고 오히려 명당 속으로 들어온 것이 복이 오히려 화가 된다는 복이위화(福而爲禍) 형국이 될 형편이었다. 위기는 시시각각 그 속도가 다르게 다가왔다. 마을 사람들의 불안감은 다가오는 불길보다 더 휩싸였고, 점점 구석으로 몰리고 있었다.

이때였다. 이제는 마지막이라고 생각할 무렵 병목의 마을 입구에 서 있던 거대한 느티나무가 스스로 무너지더니 장마철 떼구름처럼 몰려오던 화마를 덮으니 마치 장판교 앞에 선 장비같이 한꺼번에 불길을 막았다.

목신이었다. 목신이 이즈음에 위기의 마을사람들 앞에 나타났다. 목신이 자신의 팔을 자르듯이 몸주를 쓰러트리고 불길을 막은 것이다. 몸주의 희생으로 서서히 마을 불길이 사그러들기 시작했다. 이때 남은 상흔은 끝끝내 마을 사람들의 기억에 남아 그 고마움을 잊지 않게 했다. 이렇듯이 이곳 목신은 집성촌에서 지켜야 할 도덕적 사회성을 잘 대변해주고 있다. 그렇게 마을을 구한 목신은 당연히 사람들에게 흔쾌한 대접을 받으며 둥구나무를 몸주로 받아 대접받기 시작했다. 그렇게 평온하게 마을은 유지됐다.

그러나 산신의 생각은 조금 달랐다. 엄연히 마을 주신인 자신이 국사봉에 존재함에도 목신만이 독야청청하고 있었다. 그러나 사람들 앞에 나타날 기회는 좀처럼 오지 않았다.

산신과 목신과의 지위를 보면 산신이 상위신이지만 직접 신운의 실행하지 못하는 신이다. 직접 실행하지 못하지만 자존심이 강한 신이다. 대개 호랑이를 부리는 부드러운 백발의 노인으로 화신(化神)한다. 목신은 산신보다는 하위신이지만 직접 실행하니 사람들로부터 신임이 두텁다. 그렇다보니 산신은 자신의 신운을 실행할 때는 어지간해서는 목신을 택하지 않고 무당이나 신기가 있는 사람들에게 신운을 전달해 주기만 한다. 대부분의 경우 산신과 목신과의 관계는 서로 자존심 싸움을 하는 형태로 나타난다. 한쪽은 비록 직위는 낮아도 직접 보여주는 실세요, 한쪽은 직위만 높지 무엇 하나 제대로 보여줄 수 없는 허세이기 때문이다. 그래서 서로 사이가 좋지 않다.

그런데 보물리의 경우는 좀 다르다. 산신의 신운을 목신의 실행력을 대행자로 활용함으로써 자신의 능력도 보이고 목신의 자존심도 살려주는 두 신간에 윈윈 전략을 쓴다. 어떤 지혜를 보였는지 보자.

인간은 인간일 뿐이다. 신을 숭배하지만 신을 볼 수도 만질 수도 없다. 신이 인간 세계로 들어올 수 있지만, 인간은 신의 세계로 들어갈 수 없다. 신은 신의를 통해서 인간과 소통할 뿐 인간이 인간을 통해서 신을 볼 수는 없다. 당연히 신의 고통을 볼 수는 없다. 다만 신은 전지전능하다고만 믿을 뿐이다. 그래서 인간은 인간일 뿐이다. 인간은 인간만 본다. 그래서 가끔은 신의조차 듣지 않는다.

시간이 지나자 방심했던 사람들이 목신의 목소리를 듣는 것을 소홀했다. 둥구나무 아래에서 살던 사람이 겨울을 위해 나무를 해다가 밑둥에 빙 둘러쌓았다. 목신은 답답했다. 밖을 볼 수도 없었고, 오가는 사람도 볼 수 없었다. 몇 번이고 소리를 냈다. 그러나 사람들은 그 소리를 듣지

못했다. 마을이 평온하니 신의 소리를 듣지 못했고, 마을이 안전하다 보니 신을 필요로 하지 않았다. 소홀했던 것이다. 시간이 흐르자 그 소리는 사람에게 파장이 흘러 병으로 나타났다. 당연히 그러하니 병명 없이 시름시름 앓을 수밖에 없었다. 마을에 다시 재앙이 시작되었다.

　산신에게 기회였다. 목신과 인간들 사이에 틈이 생겼다. 목신이 인간들의 고통을 해결해 주었지만 지금은 인간이 목신에게 고통을 주고 있었다. 마땅히 신의를 보냈지만 사람들은 들을 생각을 하지 않는다. 급기야는 목신이 인간에게 고통을 주고 있다. 둘이 서로 고통을 주고받는 처지가 돼버렸다.

이 광경을 바라보던 산신령이 나섰다. 두고만 볼 수는 없었다. 마을에 불이 났을 때 손도 써보지 못하고 목신의 신운 때문에 사람들 앞에 나서지도 못했는데, 마침 목신의 소리를 사람들이 듣질 못하고 있었다.

산신령이 병자의 꿈에 들어갔다. 당신이 쌓아놓은 나무 때문에 목신이 답답해 하니 그 나무를 치어 목신을 편하게 하라는 내용의 메시지였다.

사람들은 그제야 그들이 누리는 평온함과 안전함에 대해 긴장하였다. 산신이 목신의 지위를 다시 찾아 주었다. 물론 나무더미를 치워 목신을 편하게 해주었다. 그제서 목신의 소리가 들리지 않았고, 그 파장이 병자에게 미치지 않자 병이 스스로 나았다.

이로써 산신도 비록 사람들이 알아듣지 못하는 목신의 신운을 이용했지만 자신의 존재를 사람들에게 각인시켰다. 목신의 고통을 풀어 주었으니 목신에게도 상위자로서 면목이 서는 일이었다. 목신은 병자의 병을 낫게 했으니 삼자가 모두 서로 윈윈한 것이다. 사람들은 그제야 자신들이 산신의 보호 아래에 있다는 것을 알았다. 그래서 마을사람들은 산신제와 둥구나무제를 함께 지낸다.

여러모로 금산 행정 목신과는 닮지 않은 듯 닮은 구석이 많아 형제의 이미지를 지울 수 없는 목신이다.

20

신목을 위한 진혼굿,
계룡면 중장리
괴목대신제(槐木大神祭)

목신은 산 나무만을 몸주로 둔다. 그런데 죽은 나무에 목신제를 지낸다? 많은 사람이 의아심을 갖지만 정월 초 사흘 계룡면 중장리에 가면 죽은 나무에 제를 지내는 괴목대신제를 볼 수 있다. 뿐만 아니라 죽은 나무에 제를 지내는데 그 규모가 참 성대하다. 지자체와 불교계의 합심이 보여주는 축제이다. 그 괴목대신제 또한 전통적인 목신신앙제와는 달라 불교식도 아닌 것이 유교식은 더욱 애매하여 헷갈리게 하지만 누구도 따지지는 않는다. 그저 행사이기 때문이다.

그러나 이 목신제를 한 발만 내밀어 들여다보면 단순한 행사가 아니라 천년괴목을 중심으로 마을 사람, 목신, 불교가 각자 어둡고 몽매한 곳에서 잃은 길을 찾기 위해 하나가 되었다는 것을 알 수 있다.

치열한 싸움의 흔적이 곳곳에 보인다. 인간으로써는 감히 진혼굿 정도로 치유될 상처가 아님을 직감할 수 있다. 빼곡한 소지가 오히려 허허롭게 만든다.

이 괴목은 불에 타 밑둥치만 남아 있다. 불에 탄 흔적을 보면 처참하여 당시 목신과 화신(火神)과의 싸움이 얼마나 치열했는지 알 수 있다. 비록 목신은 몸주를 떠나고 없지만, 사람들은 그 치열함에 신제(神祭)를 지내고 있다. 그래서 이 괴목대신제의 신위를 이해하려면 불의 신인 화신부터 접근할 수밖에 없다.

화신의 원조는 조왕신이다. 가장 까다롭고 성깔이 지랄 같은 변화무쌍한 여신이다. 다루기는 계란을 다루듯이 조심해야하고, 아침저녁 같은 마음으로 받들기를 바란다. 조금 더하면 잡기 힘들고, 조금 덜하면 사그라지기 일쑤다. 그래서 조왕신은 부엌, 그것도 아궁이에다만 먹이를 주고 길을 내준 곳으로만 다니게 한다. 조왕신의 남편은 대문신인 남선비인데, 입구에 서서 변덕 심한 본처인 조왕신을 밖으로 못 나가게 막는 역할을 한다. 조왕신이 밖으로 돌면 짐작할 수 없는 커다란 화를 당하기 때문이다. 화신이 밖으로 나오면 그 길을 잡을 수 없어 마치 마귀가 날뛰듯 한다 하여 그것을 화마라 부른다.

화신은 나무를 먹고 산다. 그 화신이 부엌을 튀어나와 이번에는 1000년이 넘은 괴목을 탐냈다. 워낙 덩치도 커서 먹잇감으로는 이만한 것이 없었고 속이 비어 있어서 길이 난 굴뚝처럼 타고 들어가는 데는 안성맞춤이었다. 화마는 나오자마자 묽은 엿이 홑바지에 붙듯이 찰싹 들러붙어 연기처럼 흩어져 괴목을 감쌌다.

그런데 그 괴목에는 괴목을 몸주로 삼은 목신이 살고 있었다. 목신의 몸주에 불이 붙은 것이다. 목신이 쉽게 몸주를 내줄 리 없었다. 목신의 저항은 뜻밖에 거셌다. 화마가 아무리 거세게 몰아쳐도 타는 듯하다 꺼지기가 일쑤였다. 강한 저항으로 겨우 생솔가지 타듯이 화마의 공격이 지지부진해졌다. 급기야는 그 목신의 저항에 못 이겨 사그라질 위기에 처한다. 화마는 다급해졌다.

주변을 살피자 근처 절집에 장명등 불빛이 보였다. 갑사였다. 부처님 집이었다. 그러나 그것을 따질 처지가 아니었다. 화신은 밤마다 근처 절집인 갑사의 장명등 기름을 훔쳐와 불길을 살리곤 했다. 목신은 이때마다 물기 머금은 연기만 뿜으며 마을사람들에게 도움을 요청하는 신의를 보냈지만 모두 허사였다. 목신은 혼자 싸우고 있었다.

그런데 갑사의 처지에서 보면 이상한 일이 벌어진 것이다. 장명등을 밝히기 위해 기름을 넣기만 하면 누군가 밤에 훔쳐가는 것이었다. 처음에는 누군가 민가에서 기름이 부족하여 가져갔거니 싶었는데 매번 가져가는 것이 너무 심하였다. 그러잖아도 곤궁한 절집 살림에 기름 한 방울이라도 아껴야 할 판이었다.

당시 갑사에도 최대의 위기가 닥쳐 있었다. 조선시대에는 사사혁파에 의해 선·교종 각 18사를 제외하고는 절집이 살아남는 법은 국난에 힘을 보태는 호국불교로 남던지, 정치권과 연결되던지, 왕가의 원찰이던지, 대중들로부터 전폭적인 믿음을 받던지, 그 폭이 넓지 않았다. 그 선택지 중에 갑사는 호국을 택했다. 영규대사가 임진왜란이 일어나자 갑사에서 승군을 모아 왜적들과 대항하여 왜놈들의 간담을 서늘하게 한 것이다. 문제는 이 이유로 재차 정유재란이 일자 갑사는 왜군의 표적이 되었다는 것이다. 절집이 불탔고, 스님들은 탁발로 겨우 연명하고 있었다.

임란은 끝났지만, 정부에서는 약속과는 달리 절집을 돌보지 않았다. 영규대사가 앞서 일어서고 선조의 약속에 승병들이 나섰지만, 전쟁이 끝나자 박대는 전이나 마찬가지였다. 승병은 고사하고 영규대사도 의병에도 끼지 못하였다. 금산 칠백의총을 보면 승군이나 일반 민중들은 그 묘역에서 배제되고 있다는 데서 그 당시 그들을 어떻게 대했는지 조금은 알 수 있다. 그 공이 인정받기에는 시간이 걸렸는데 1738년(영조 14)에 이르러서야 그 공을 작게나마 인정받았다.

이러한 사정 속에서 갑사는 절집도 불타 없어지고, 불교는 백척간두의 끝에 매달려 있어 한 발 내딛기가 힘들 때였다. 현 시점에서 불탄 절집의 중창은 오직 스님들 몫이었다. 그러나 돈이든 인력이든 중과부적이었다. 절집은 쇠락하고 스님들은 하나 둘씩 떠나고 있었다. 이런 실정에 이르자 어떻게든 지켜내기 위해 안간힘을 쓰고 있는 것은 지금 몸주가 불타고 있는 목신과 같은 처지였다.

절집도 목신처럼 갈팡질팡 갈 길을 헤매고 있었다. 절집을 유지해야하는지도 의문이거니와 모두가 탁발을 나가 간신히 자신의 몸을 지탱하기에도 힘든 판에 장명등의 기름에 있어서야 오죽했겠는가.

이때 가장 상위신인 부처가 나선 것이다. 어떻게 보면 조왕신을 다스리지 못한 부처님의 책임도 자유롭지는 않았기 때문이다. 수습이 우선이었다. 부엌을 뛰쳐나간 화신를 불러들이기 위해 부처님이 스님들과 마을 사람들을 지혜를 빌려야 했다. 밤마다 없어지는 장명등 기름의 비밀을 스님을 통해 알려준다.

부처님의 계시에 따라 없어지는 기름 도둑을 잡기 위해 스님들이 몰래 숨어서 이를 지켜보았는데, 밤이면 구척장신인 거인이 나타나 장명등 기름을 훔쳐 바르고는 사라지는 것이었다. 쉽게 접근하지도 못하고 그 뒤를 밟으니 거인이 가는 곳은 바로 천 년 묵은 느티나무가 아닌가. 기

름을 바른 거인이 괴목으로 들어가자 느티나무는 걷잡을
수 없이 불길이 타올랐다.

목신은 몸주가 화신의 먹이가 되는 것을 보고 어찌할
수가 없었다. 아무리 사람들에게 신운을 보냈지만, 마을
사람들은 마을 사람대로 더 급한 일이 있었으니 이 목신
의 소리를 들을 여유가 없었다. 목신은 홀로 거세게 저항
했다. 그러나 화신은 화신대로 갑사의 장명등의 기름을 밤
마다 가지고 와 목신을 짓누르고 있었다. 목신은 목신대로
길을 잃고 어찌할 바를 몰랐고, 점점 신력에 한계가 오고
있었다.

마침 그즈음에 마을에 병이 돌기 시작했다. 백약이 무효
요, 백의가 무용이었다. 백방에 답이 없어 마을 사람들은
그 해법을 찾지 못하고 아우성치고 있었다. 참다못한 목신
의 신의가 인간의 병으로 발현된 것이다. 몸주가 점점 속
부터 타 들어가 겉으로 불길이 번질 때까지도 사람들은
신의 아우성을 듣지 못하고 있었다. 인간들 또한 목신처럼
우환의 어두운 곳에서 길을 잃고 헤매고 있었다. 이렇게
보면 절집이든 목신이든 마을 사람들이든 모두 길을 찾지
못하고 있었던 것이다.

답은 화신이었다. 화신만 제압하면 모두 길을 찾을 수
있었다. 화마가 잡히면 목신 몸주의 불이 꺼지고, 몸주가
성하면 목신의 아우성이 없어지니 마을 사람들의 병환도
나을 수 있었다. 마을 사람들과 스님들이 힘을 모았다. 화
신은 수신과 함께 모두 용왕신이 주관하는 하위신이다. 용

왕신의 도움으로 어렵게 목신을 구하기 위해 나섰다.

곧바로 화마가 잡히고 화신은 다시 조왕신이 있는 부엌으로 돌아갔다. 그러나 안타깝게도 결국 몸주인 느티나무는 몸부림치다 죽고 만다. 몸주가 없으니 목신도 기댈 곳이 없으니 당연히 없어져야 한다. 그러나 몸주를 잊지 못해 떠나지 못하는 일편단심 목신.

그 사정을 안 스님들이 제를 지내주자고 제안한다. 신목을 위한 진혼굿이었다. 그래서 이 목신제는 스님들이 주관하고 마을 사람들이 힘을 합한다. 그러자 비로소 마을 사람들은 환우를 잊었다. 모든 것이 부처님의 덕이었다. 사람들은 마을을 안정시킨 스님들의 고마움을 표하기 시작했다. 모두 나섰다. 대중들이 모여들고 불사가 시작된다. 드디어 갑사가 완성된다.

갑사의 사적에는 절집을 지을 때 갑자기 흰 소가 나타나 무거운 짐을 날랐다는 기록이 있다. 그래서 공우탑도 세워진다. 그러나 여기서 말하는 소들이란 진정 흰 무명천의 대중을 의미할 수밖에 없다. 백초가 모두 부처이고, 흰소가 부처이듯이 당시 도움을 준 것은 민초들이었으니 사람의 공덕이나 소의 공덕이 하나인 그들이 공우탑의 주인공이다. 이렇게 스님들은 주민들의 도움으로 절집을 다시 중창하고 예전의 길을 찾았다. 사람들이 부처님의 고마움에 절집의 길을 찾아준 것이다. 그래서 목신, 절집, 그리고 인간 모두 길을 찾았다. 모두가 최상위신인 부처의 뜻이다.

재미있는 것은 왜구들에 의해 짓밟힌 갑사를 중창으로 이끈 공우탑이 친일 매국노 윤덕영의 별장 조경탑으로 옮겨지며 그 많은 사람의 공덕을 자신의 공덕으로 뺏어 자신의 공덕과 소의 공덕이 하나임을 자랑한 표식이 그 탑에 지금도 남아 있다는 것이다. 하긴 친일 매국노의 일이란 백성들의 공덕을 자신의 공덕으로 돌리는 데는 이력이 후손들까지 미치지 않던가.

친일 매국노 윤덕영은 공우탑을 자신의 정원에 옮기는 데 그치지 않고 그곳에 각자를 해 민초들의 공덕을 가로채어 자신의 공덕을 자랑하고 있다.

21

불문율을 지켜낸 전설의 목신,

유성 잣뒤마을 투사 목신

답사는 자가용보다는 버스, 버스보다는 걸어서 다닐 때 훨씬 많은 이야기가 들린다. 아니 훨씬 많은 이야기를 해 준다. 마치 산으로 난 작은 산길처럼 지나가는 바람도, 돌부리 하나도 모두가 이야기가 되고 이 이야기와 저 이야기를 이어 준다. 그러다 노거수와 마주치면 비로소 스스럼 없이 얘기가 열린다.

그런데 요즘 나는 차를 가지고 답사를 다닌다. 그래서 그런지 차를 타고가다 나무 밑에 내려서 멀뚱하니 올려다

보면 느티나무와 그리 할 얘기가 없다. 나도 손님 같고 느티나무 또한 맥없는 손님처럼 맞는다. 그래서 알량하지만 택한 것이 그나마 보이지 않는 곳에서 차를 세워두고 걸어간다. 그런데 유독 이 잣뒤마을 느티나무를 만나러 차를 타고 가면 괜히 더 미안한 느낌이 든다. 그래서 나는 방동 저수지에서 파전과 막걸리 한 잔 하고 천천히 걸어서 잣뒤마을 목신에게 간다. 대전시에 있지만 아직은 걸어서 답사를 가야 제 맛이 나는 잣뒤마을, 즉 성의 북쪽 마을에 느티나무 여덟 그루가 마을 수구막이 비보목으로 쓰인 채 400여 년, 이곳에 참으로 모진 생명력으로 버티고 있는 전설의 투사 목신이 있다.

우리나라에서 인간에게 가장 강하게 저항하며 버틴 목신으로 유명한 경부고속도로 대전~옥천 구간인 당재터널 목신을 앞에서 소개한 적이 있다.

그런데 신이 신에게 가장 강하게 버틴 목신 중의 하나가 바로 성북 잣뒤마을 목신이 아닐까 생각한다. 당재터널 목신이 자신의 영역을 사람들이 차지하는 것에 저항했다면 이곳의 목신은 지금도 다른 신과 다투고 있다. 그 신들과의 싸움에서 가장 강하게 버틴 목신이 아닐까 생각한다. 목신계에서는 전설의 목신으로 통한다.

이 마을 앞으로 지나가는 길은 대전을 거처 진잠에서 신도안으로 가는 아주 오래된 길이다. 마을이 배산임수의 지형이지만 양팔을 벌리고 있어 오히려 밖에서 안을 들여다 보기가 쉬웠다. 그래서 처음에는 소달구지나 사람들이

네 그루의 신목이 교회를 가두고 있는 형국이 마치 담쟁이넝쿨 같다.

지나다니며 마을을 훔쳐보는 것이 싫어 심은 시선 차단용 비보림이었다.

이처럼 처음에는 비보수였지만, 점차 신도안이 신의 나라로 잡히면서 이곳은 신접한 많은 사람들이 지나는 신의 길이 된다. 신들이란 본래 인간사를 추궁하는 게 본업인 만큼 마을 앞으로 지나가던 신의 간섭이 점차 심해지기 시작했다. 마침내 신도안으로 가다 지친 신이 비보림에 들어앉았는지, 아니면 신도안보다 더 신자리로 좋아서 눌러 앉았는지 그 신들의 속내는 알 수 없지만 일단 신이 들어서자 그는 자신의 영역을 만들기 시작했고, 마을의 좌청룡을 차지했다.

용두탑 교회의 뒷담을 끼고 있지만 그 영험함이 남달라 지금도 자식 귀한 사람들이 찾고 있다.

그 신은 신도안의 동료 신들의 든든한 후원을 받고 있었고, 신의 또한 바라는 대로, 원하는 대로, 한마디로 즉탁즉답이었다. 조선의 가장 큰 전쟁인 임란도 피하게 했으니 아들을 점지하는 것부터 마을의 무병장수까지 사람들의 욕심은 아주 사소한 것까지 목신에게 신탁했다. 신이란 신탁이 많아지면 많아질수록 그 힘이 커지는 법이다.

그 힘이 절정에 다다를 무렵인 1975년, 계룡산 일대의 종교 정화사업이 본격화 되면서 모든 신들이 쫓겨났다. 급기야는 신도안이 정리되고 신의 길이 폐쇄되면서 잠시 동료를 잃은 허탈감에 무기력에 빠졌을 때 사람들은 그 힘이 약해졌다고 생각했다.

사람들은 나무 하나가 죽으면 다시 두 그루를 심었고, 빈 곳이 있으면 다시 메워 울창한 용의 흐름을 이어가게 했다. 용이 기운이 없어 풀이 죽어 있으면 용두를 세워 그 기를 북돋아 주었다. 그러나 허사였다.

그 무렵 그 무기력한 목신을 깨운 것은 다름 아닌 다른 신이었다. 어느 날 거대한 신이 마을신은 건드리지 않는다는 불문율을 깨고 그 틈을 타고 들어왔다. 아주 도전적으로 들이댔다.

이 마을은 좌청룡의 지세가 약해 그 기운을 살리기 위해 느티나무를 심고, 치받고 솟구치는 용머리를 상징하는 용탑을 세웠는데, 그 용머리의 목줄기를 타고 눌러 앉은 기세로 예배당을 지었다. 숨을 쉬지 못하게 숨통을 옥죄고 있는 형국이다. 비록 무기력한 목신이지만 숨통을 죄지 않고는 이 마을에 안착하기가 힘들다고 생각했는지 모른다.

그때부터 싸움은 시작되었다. 마치 골리앗과 다윗의 싸움 같았다. 거대신은 악마와 싸웠고, 목신은 낯선 신과 싸웠다. 거대신은 엄포로 덤볐고, 목신은 실행력으로 대응했다. 거대신은 귀로 싸웠고, 목신은 눈으로 싸웠다. 거대신은 대행자를 내세웠지만, 목신은 무당을 내세우지 않았다. 그러나 목신은 길을 차지했고, 거대신은 아직 길을 건너지 못했다.

그렇게 견뎌내고 있었다. 목신 혼자 힘이 부칠 때는 신의를 내림으로써 사람들을 불러 모아 마을 사람들의 힘을 빌렸고, 마을 사람들의 힘만으로 부칠 때는 아랫동네 유흥

지에 온 여행객들이 힘을 모았다. 그들의 정성은 목신을 무기력에서 깨워 다행히 용두탑에는 신기가 들기 시작했고, 사람들은 이곳에 신탁을 하기 시작했다. 그리고 서서히 무기력에서 깨어나기 시작했고 신발도 원래대로 돌아왔다. 예전에는 신도안의 다른 신들이 뒷배였다면 지금은 사람들이 뒷배다. 원래 목신의 자리로 돌아온 것이다.

목신의 버팀은 이제 오히려 교회를 가두고, 되레 교회도 용의 일부처럼 보이는 것은 답사객만의 생각일까.

22 신의 영역에서 인간의 영역으로 내려온
유성 바구니 액막이 목신

바구니 목신은 지금은 봉산동 휴먼시아 아파트 숲에 둘러싸여 있다. 그 느티나무 밑에 가면 바구니홰싸움놀이비가 있고 그곳에 유래가 적혀 있고 그 비를 받치고 있는 돌에는 맥(脈)이라는 글씨가 새겨져 있어 고개를 갸웃하게 만든다.

목신을 사유했던 사람들은 이미 이곳을 떠났고 지금 사람들은 다만 느티나무 밑에 세워둔 '바구니 홰싸움 유래비'의 기록만 볼 뿐이다. 그러나 오히려 이 기록이 당시 이곳에서 목신을 모셨던 마을 사람들의 사유체계를 이해하는 데 더 방해할 뿐이다.

바구니 둥구나무 목신은 이곳 장구목 지형과 인연이 깊다. 이 '바구니'라는 마을 이름은 마을의 형상이 마치 바구니처럼 생겼기 때문에 붙여졌다. 이 바구니 마을의 앞쪽에는 '앞바구니'라 불리는 마을이 있고, 그 뒤편으로는 '뒷바구니'라 불리는 마을이 있다. 지금은 휴먼시아 아파트가 있는 앞바구니 입구에 느티나무가 있고, 느티나무에서 내려다보면 앞쪽으로 흐르는 갑천이 보인다. 동산동의 바구니 마을 앞으로 흐르는 갑천은 돌아들어와 이내 금강과 합류하는데, 바로 이 물이 바구니 마을을 화살처럼 쳐들어온다는 반궁수의 형세를 띠고 있다. 반궁수란 물의 흐름이 마치 활처럼 휘어 들어오는데 그 바깥쪽에서 봤을 때 마을로 마치 활을 쏘는 듯한 형세를 일러 반궁수라 부르는 풍수 용어다. 물론 반궁수는 좋은 의미를 갖고 있지 않다. 그래서 주로 마을은 물이 돌아나간 안쪽에 형성된 궁수를 안고 형성된다. 그런데 목신이 있는 바구니 마을을 그 반대쪽에 형성된 마을로 바로 반궁수를 맞고 있는 곳이다. 다행히 형세가 장구목 형세이기 때문에 마을로 들어오는 액운을 막기 쉬워 그 방편으로 입구에 느티나무로 비보수를 세웠다.

이렇게 이 반궁수의 피해를 막기 위해 보통 비보물을 장치해 두는 것이 선조들의 사유였다. 이때 이 비보물은 사람 대신 홀로 마을을 보호해주고 나쁜 기운을 막아주고

비록 인간의 영역으로 내려왔지만 능히 인간을 제압할 신의 위력이 남아있음을 보여준다. 아파트 숲 속에서도 아주 늠름하여 지금도 비보수의 역할을 훌륭히 수행하고 있다.

있으니 신성시 여겼고 항상 고마워했다. 그러나 그 액막이를 비보수가 홀로 막기에는 역부족이라고 느낄 때 마을 사람들은 이 나무에 신을 들이고 목신의 염력을 더해 힘을 보탠다. 비로소 비보수에서 신목으로 승격이 된 것이다. 목신으로 승격된 날을 기념하고 북돋기 위해 제를 올리고 축제를 벌이고 유희를 벌인다. 이 마을은 그 축제를 둥구나무제라 불렀다.

이 마을 비보목 바구니 둥구나무가 액막이제로 바뀐 것은 해방을 전후해서다. 그동안 아무 탈 없이 홀로 잘 막아오던 둥구나무가 갑자기 힘을 잃기 시작했다. 마치 장마에 둑이 터진 것처럼 전염병은 둥구나무를 밀고 들어왔다.

마을에 전염병이 끊이지 않고 불의의 사고는 시와 때를 가리지 않고 예고치 않고 일어나 마치 무슨 원인이라도 있는 듯이 사람들을 불안하게 만들었다.

이 마을에는 충청도에서도 유명한 앉은뱅이 굿을 하는 경무(經巫)인 김씨라는 사람이 살았는데, 그 아들에게까지 전염병이 미쳤다. 당연히 무당인 그는 굿을 택했다. 그러나 별무 소용이었다. 이미 전염병이 아들에게만 미친 것이 아니라 마을 전체에 뻗쳤기 때문이다.

자식의 목숨이 경각에 달린 경무 김씨가 마지막으로 잡은 생각은 목신이었다. 본래 이곳 목신은 비보수로 반궁수의 피해를 막기 위해 심어진 나무였는데 마을 사람들이 신 밥을 주지 않아 마을의 둥구나무가 힘이 빠졌다고 생각했다. 그 신발(神發)이 떨어지자 마을에 전염병이 밀고 들어온 것이라 믿었다.

그는 힘을 불어넣는 굿을 준비했다. 하루 빨리 목신을 깨우지 않으면 병은 계속될 것이고, 마을의 재해는 끊이지 않을 것이라 단정했다. 사람들을 설득했다. 마을 사람들이 동의하지 않으면 설사 자신의 굿으로 전염병이 가라앉아도 목신을 믿지 않을 것이고, 그러면 다시 액운이 왔을 때 방비가 없다고 생각했기 때문이다.

그는 청신이 제일 중요하다고 생각했다. 이미 느티나무에는 신이 물러나 있어 신을 청하지 않으면 아무리 정성을 다해도 헛것에 칼질하는 격이니 소용없었다. 일단 신을 불러 앉히면 그에게 신탁을 하는 것은 문제가 아니었다. 다행인 것은 그의 청신주문과 청신요는 아무도 당할 자가 없었고, 그의 혼신을 바친 청을 거절한 신 또한 없었다.

당시 그의 청신무는 마을 사람들의 혼을 빼놓을 만큼 대단했다고 한다. 본래 경무는 점잖게 앉아서 하는 굿이라 사람들을 흥분시키지는 않는데 당시 그의 경무는 모든 마을 사람들을 자연스럽게 함께 신을 청하게끔 만들었다는 것이다.

다행히 무사히 목신을 불러들였고, 일단 신이 앉자 그의 굿은 절정에 다다랐다. 애기신에게 전염병을 물리칠 수 있는 힘을 북돋아 주어야 했고, 격려해야 했는데 이때는 마을 사람들이 힘을 보탰다. 굿과 어우러진 유희였다. 다행히 그의 굿과 마을 사람들의 유희는 목신의 힘을 백 배 키울 수가 있었다.

이윽고 목신의 힘으로 전염병을 물리칠 수 있었다. 그렇게 시작한 것이 바로 액막이굿 제였다. 그러니까 시작한 사람이 경무 김씨였고, 상황이 절박하게 닥쳐 급한 불을 먼저 끄기 위해 시작했으니 액막이제가 되었다. 불러온 목신은 당연히 액막이 목신이었다.

그 뒤부터 바구니 마을에서는 오래 전부터 이 느티나무를 마을의 수호신격인 신목으로 받들면서 '둥구나무제'라 부르는 '목신제(木神祭)'를 지내오고 있다. 이 바구니 마을의 목신제는 매년 음력 정월 열나흗날에 거행해 왔다.

그런데 지금 보이는 바구니홰싸움놀이는 또 어떻게 이 둥구나무와 연을 맺게 되었는가를 살펴보면 좀 씁쓸하기도 하고, 문화의 흐름이란 이름으로 그 변화를 받아들여야

하는가 하는 생각이 들게 한다. 그 과정을 보면 이렇다.

이후 이 느티나무는 유성구의 보호수로 지정되었고, 이에 마을 주민들은 '구즉동 액막이놀이 보존회'를 만들고 '둥구나무제'라는 이름으로 전국민속예술경연대회에서 출연을 계획한 한 바 있었다.

그런데 그 뒤 이 둥구나무제의 원형을 크게 변형시켜 '바구니홰싸움놀이'라는 이름으로 1997년 전국민속예술경연대회에 출연하여 국무총리상을 수상했다. 현재 느티나무를 중심으로 하여 새로 조성된 공원 안에는 그것을 기념하기 위하여 돌로 기념비를 세워 놓았다.

홰싸움은 동국세시기에 기록되었듯이 충남북의 세시놀이 풍습이다. 그런데 이 놀이가 목신제에서 변형된 것은 약간의 기획의 냄새가 난다. 경연대회가 우후죽순처럼 생겨나고 민속이 마치 경연하듯이 경쟁하던 시기의 기획된 정책이 난무하여 사람들의 사유체계를 흔들어 놓을 무렵, 이 마을 사람들은 그 속내도 모른 채 '둥구나무제'란 목신제를 가지고 경연대회를 출연할 계획을 세운다. 경쟁의 프레임에 갇히게 된 것이다.

그러나 목신제는 누구나 알다시피 스토리와 내용은 다르지만 어느 곳이든 그 형태는 비슷하여 경연에는 그리 경쟁력이 없다는 것을 알게 된다. 그러나 그 경연 참여를 계획한 사람들은 이왕 시작한 김에 끝을 보자는 심사였는지, 아니면 경연에 참여하는 법을 알았는지 경연의 속성에 빠지게 된다. 경연이란 보여지는 것이고, 이벤트화 하지 않으면 수상하기 힘들다. 그래서 선택한 것이 제사 후 유희 대신 홰싸움을 끼어 넣게 된다. 상 받을 길목을 지킬 줄 알았으니 당연히 1996년 지역상을 거쳐 드디어 1997년 전국으로 진출하여 바구니홰싸움놀이로 국무총리상을 받음으로써 변형된 채 공식적(?)으로 인정을 받게 된다.

그런데 목신의 입장에서 보면 홰싸움 놀이는 신의 영역을 인간의 영역으로 끌어내린 격이다. 좀 억울한 면이 있다.

목신제 후 유희는 신의 영험함을 함께하는 기원이라면, 홰싸움은 인간의 힘으로 풍년을 가지고 싶은 축제일 뿐이다. 목신제와 홰싸움은 그 사유 체계가 엄연히 다르다. 우리 민족의 사유체계를 흐트려 놓은 것이 새마을운동의 일원으로 한 종교정화를 빙자한 미신타파요, 축제를 경연화

한 것은 경쟁에서 들어낸 과시욕이 만든 엇갈린 사유체계이다.

　비보목에서 액막이제로 바뀔 때만 해도 사유의 확장일 뿐 사유체계는 바뀌지 않았다. 그리고 마을은 둘이지만 제는 하나였다. 두 마을이 모두 이 목신에 의해 좌우된다고 보아 함께 지냈다. 목신 아래의 공동체이자 화합이었다. 그러나 홰싸움은 경쟁이요, 분리이다. 이원체계인 것이다. 그리고 그 이원체계의 사고요, 분리의 사고는 지금도 사람들을 지배하고 있다. 공동체가 깨지고 있는 것이다.

23 팽 당한 성황신이 팽나무의 목신이 된
은진면 와야리 성황 목신

은진면 와야리의 고개 언덕 위에 팽나무 한 그루에 해묵은 성황 목신이 있다. 성황과 목신은 원래 별도의 신이지만 성황신이 목신으로 격하되면서 합성어로 쓰이기도 한다.

성황은 신라 말 또는 고려 초 또는 광종 때 신격화 되면서 경제력과 지방민 흡인력을 어느 정도 담보할 수 있는 지방 세력들이 수용, 자신의 존재감을 확인시키고 정신적 토대를 마련하는 데 지방민들에게 결정적 역할을 하게 된다.

성황제는 제를 올리는 것도 지방 향리들이 지내고 중앙에서 파견된 지방관들은 제를 지내지 않을 정도로 빠른 속도로 지방 호족들의 사유체계를 지배하고 있었다. 이때 성황사는 대부분 무당이 관리하여 지방민들의 축제의 장으로 만들었다.

실제로 가보면 왜소하기 그지없다.
사진작가가 그래도 신목으로 위용은
있어 보이게 찍기 위하여 무던히 애쓴
와야리 신목이다.

다리러 다로리 로마하
디렁디리 대리러 로마하

도람 다리러 다로림디러리
다리렁 디러리

이는 고려시대 성황신을 부를 때 부르던 굿 축제의 여음이다. 이 알 수 없는 여음 속에 힘든 민중, 그들만의 염원과 함성이 함께 담겨 있다.

논산 지역은 당시 시진과 덕은으로 군 현이 나뉘어 있었다. 그러나 시진은 성황이 없었고 다만 덕은이 좀 큰 고읍이라서 성황사를 두어 이 성황신이 많은 신들을 거느리고 영향력을 행사하고 있었는데, 이 성황신으로 보면 좀 억울한 일이 발생한다.

어느 날 시진 지역에 있는 반야산 기슭에 '내 나온다, 내 나온다'하며 큰 돌이 솟아나더니 엄청나게 큰 돌미륵이 나타났다. 높이는 18m에 이르러 거대하지만 그 생김새를 보면 촌사람이 웃는 모습이라 마치 믿을만한 내 이웃의 키 큰 순박한 친구 같았다. 그 돌미륵이 바로 관촉사 미륵불이다. 뿐만 아니라 갑자기 솟아난 돌미륵이 신기를 부리더니 때론 땀을 흘리기도 하고 울기도 하며 사람들에게 신운을 보내고 있었다.

그러자 사람들이 덕은 성황신을 떠나 이 돌미륵에 한꺼번에 몰려 신탁을 하며 신의를 묻는다. 지역 호족은 물론 민중들까지 모두 그곳으로 몰려가버리자 미륵을 중심으로 지방 정치는 물론 백성들의 마음을 사로잡았다. 덕은의 성황신은 하루아침에 찬밥 신세가 되었다.

그래도 그런 굴욕 속에서도 100여 년을 꾸역꾸역 버티다가 새 나라 조선이 서면서 서광이 비추기 시작했다. 조선으로 넘어오면서 조선의 멘토국인 명나라가 성황을 추앙했고, 또한 중앙집권체제를 강화하는 데 성황이 이용가치가 발생하면서 유교국가의 기치를 내걸었음에도 점차 국가 차원에서 성황의 체계화 내지 계급 서열화를 가져오게 된다.

중앙집권적 왕권이 형성되면서 지방세력에 대한 강력한 지배력를 보이면서 성황사는 국가에서 수용하여 중앙에서 파견된 지방관이 국가의 이름으로 치제를 하기 시작했다. 국가적 대접을 받게 된 것이다. 일종의 성황신의 신격 상승이지만 국가에서 힘의 논리로 지방 호족들의 신앙체계를 뺏음으로 정치력 또한 뺏은 결과이기도 했다. 물론 이 과정에서 백성들은 이전에 축제형식의 성황제와는 달리 찬밥 신세가 되었다. 소수 제관이 관리함으로 민중들이 배제되는 계기도 되었다. 고려시대의 성황 제사도 떠들썩하고 공개적인 축제였다면 그러나 조선에 이르러 비록 신격이 승격되었다고는 하지만 국가나 지방관 차원에서의 성황제는 소수의 제관만이 참석하여 엄숙하게 진행하는 유교식 제례로 바뀐 것을 의미한다. 이때 덕은과 시진이 합

쳐 은진현이 되어 현을 서북쪽 12리에 옮겨 덕은의 성황
신은 은진현 성황신이 되어 국격의 신으로 추앙되었다.

한편으로는 조선시대에서는 새 술은 새 푸대라는 기치
아래 조선 태조 6년에 군현 통폐합, 군현을 정비하며 군
현 통합을 할 때 유교를 앞세워 성황신의 실명제를 실시
하며 작호와 작위를 얻은 성황신 말고는 모두 음사라 규
정하고 있었으니 낙오되거나 버려진 성황이 곳곳에 있었
고, 성황으로 승격하지 못한 신들이 곳곳마다 넘쳐났다.
그러나 이때까지만 해도 은진현 성황은 승승장구했다.

그런데 전에는 미륵이 덕은 목신을 나락으로 밀더니 이
번에는 사람이 목신의 앞길을 막았다.
그후 1646년(인조 24)에 이산현 사람인 유탁이 반란을
일으킨 것이다. 청나라에 항복하고 청나라에 빌붙어 살며
오히려 반청 장군의 선봉에 섰던 임경업을 죄인으로 몰아
청나라로 압송하는 것을 보고 임경업을 자칭하며 모반을
꾸몄다. 그러나 모반이 실패로 돌아가자 역적이 나왔다 하
여 은진·이산·연산이 폐합되어 평천역 서쪽에 은산현이
설치되었다.
이즈음 하여 은산에 새로운 성황을 지정하고 국가에서
치제를 하니 지방 향리들과 백성들이 이 치제에서 배제되
었고, 이제 은진 성황이 버려진 신이 되었다.
이는 지방향리들과 지방민들의 반발로 이어졌고, 주민들
의 여론은 버려진 성황을 중심으로 구심점을 향해 가는

계기를 만들기도 한다. 이렇게 오갈 곳이 없던 민중들의
의지처(?)가 되던 은진 고을에 있던 성황은 갈 곳이 없게
되자 민중들에 의해 목신으로 모셔지게 된다. 이렇게 버려
진 성황이 목신화가 되면서 점차 민중 속으로 들어가고
있었다.

　비록 지금은 언덕 위의 벗겨진 등성이처럼 보잘 것 없
이 내동댕이 쳐져 있지만 한때는 지방 관리들에 의해 성
황신으로 모셔졌던 위력이 강한 신이어서 사람들은 성황
목신이라 부른다.

24 국가 신격에서 민중의 신격으로 추락한
천호리 화악리 왕건 목신

논산의 천호리, 화악리에 가면 두 목신을 볼 수 있다. 천호리와 화악리는 연산천을 두고 마주하는 같은 듯 다른 두 동네다.

천호리는 천호산의 보호를 받고, 화악리는 함지봉을 진산으로 두고 마을이 형성되어 있다. 비록 가운데로 큰 내가 흘러 크게 보면 하나의 동(洞) 내이지만, 두 산이 서로 마주하고 있어 각각 모시는 산신도 다르고, 목신도 마을마다 각각 모시고 있는 마을이다.

그런데 이 두 마을이 모시는 목신은 달리 있지만, 공교롭게도 목신 설화가 한 뿌리라는 것이 흥미롭다. 이 두 마을에는 연관 있는 느티나무 두 그루가 있는데, 모두 고려 태조 왕건과 관련이 있는 나무로 약삭빠르고 지략가인 왕건의 투 트랙 시스템이 잘 나타나 있는 목신 설화를 함께 공유하고 있다. 그리고 그 설화에 나타난 역사성을 뒷받침해주는 개태사가 천호리에 있다. 이 목신을 설명하려면 고려까지 거슬러 올라가야 하는 이유다. 이 목신 설화를 재구성하고 목신의 지위를 정하는데 빠져서는 안 될 부분이 바로 개태사다.

왕건은 이곳 연산에서 후삼국간의 통일전쟁의 마지막을 고하고, 후백제 신검으로부터 항복을 받아 삼국을 통일하자 그 통일의 공적을 부처님에게 돌린다. 통일 운동에서 불교계, 특히 선종계열의 스님들의 절대적인 도움을 받은 왕건이었다. 통일운동의 명분, 새나라 건국의 사상적 바탕, 민심의 수습 등 그들의 도움은 절대적이었다고 해도 과언이 아니었다.

그러나 이미 통일을 이룬 왕건은 그 공적을 전적으로 불교계에게만 돌린 것이 아니었다. 이 지역의 신들을 휘하에 거느리고 행동요령을 뒷받침하는 지역의 상위의 신인 산신의 음조(陰助)를 커다란 공덕으로 공표했다. 그리고 협조한 이 지역 주민들의 공을 함께 거론함으로써 공적을 분산시킨다.

그 뿐 아니라 부처의 공덕을 기리기 위해 천호산 아래에 개태사를 창건하는데도 선종이 아닌 화엄종을 선택하여 힘의 균형추를 맞추는 왕건의 투 트랙 정책을 강화시킨다. 그곳에서 대대적인 화엄법회를 열며 소문(疏文)을 짓는다. 그리고 산신의 도움을 받았으니 산신당을 지었다. 그리고 마을 사람들에게는 공 있는 사람 둘을 선정하여 각각 느티나무 한 그루씩 하사하게 된다. 이것이 속칭 천호리와 화악리에 있는 왕건 나무다. 목신 설화의 시작이다.

그런데 이때 왕건은 화엄종을 선택한 것도 모자라 산신과 부처님의 공덕을 기리면서 슬쩍 자신의 공덕을 부처님과 산신의 공적에 견주어 끼워 넣는데, 그것이 바로 자신의 영정을 봉안시킨 개태사 내에 지은 진전(眞殿)이다. 이로써 통일의 공덕을 선종과 화엄종, 그리고 산신과 백성, 마지막으로 자신의 힘으로 돌림으로써 어느 한 쪽의 힘도 실어주지 않은 채 분산시켜 지배력을 강화해 나간다. 왕건의 투 트랙 통치 전술이었다.

시간이 흘러 왕건 시대가 지나가는데, 왕건이 죽고 나자 영정은 곧 신이 되고 진전은 신전이 된다. 바로 왕건 신이다. 이 신전은 곧 국가에서 제를 지내는 국가신으로 신격이 정해진다. 죽은 왕건이 살아있는 왕들의 결정권을 쥐고 있었다. 왕들이나 관료들은 신전에 가서 국가 중요 대사의 일이 있을 때마다 길흉을 점치기도 하고, 중요 결정의 신탁을 묻기도 했다. 그때마다 진전에서는 목소리를 통해 신의를 보냈다. 그대로 행했고, 그것은 크게 빗나가지 않았다. 공민왕은 천도의 문제까지 왕건 신의 신탁에 의존했으니 고려 500년 동안 그런 위치에 있었던 것으로 보인다.

그러나 고려 말 왜구의 침탈이 심해지고 국가가 위기에 빠질 무렵인 우왕 때부터 그 위치가 조금씩 흔들리기 시작한다. 특히 우왕 때 왜구가 이곳까지 침탈하여 도원수 임인계까지 죽이고 사찰에 방화를 저지르는 참사가 이르러서는 더욱 위태롭게 된다. 국가는 그 역할을 하지 못해 민중들을 방치하고 도망가기에 바빴다. 미처 국가에서는 신탁을 하지도 못하고, 민중들은 근접하기도 어려운 곳이 진전이었다. 이 지경에 이르러서는 모든 신들이 함께 도망 간 꼴이 되니 개태사도 결국 폐사에 이르고 진전도 함께 없어지니 왕건신도 결국 갈 곳을 잃게 되어 결국 국가신 으로의 역할을 다하지 못하게 된다.

그후 조선이 건국되고 그동안 나라가 어려워 거두지 못한 신들이 새 나라가 세워지자 곳곳에서 튀어나왔다. 신들의 질서도 무너졌고 자칫 이로 인해 백성들의 질서도 무너질지 몰랐다. 보다 못한 조선 정부에서는 태조가 나서서 난립된 성황사 실명제를 실시하면서 하나의 현에 하나의 성황사만 인정하였다. 이때 그래도 한때 국가를 호령하던 왕건신이었기에 실낱같은 기대도 가졌으나 연산에는 새로운 성황이 세워지고 오히려 봉호도 폐지당하고 성황신에서 탈락함으로서 찬밥 신세를 면치 못하고 있었다.

그러나 그 영향력은 남아 있어 많은 백성들이 찾았다. 한때는 세종 때 가뭄이 심하고 농작물들이 재해를 입어 농민들이 그 피해가 커지자 많은 사람들이 이곳에 신탁을 요구하는 등 그 영향력은 연산 성황보다 커질 기세였다. 그러나 성황의 주체성을 강력히 강조한 세종으로써는 고려 태조인 왕건신에게 신탁을 의뢰한다는 것은 마땅치 않앉다. 더구나 계속 그곳에 두면 사람들이 계속 신탁을 요구할 태세가 있어 하나의 현에 성황이 둘이 있는 것은 한 나라에 왕이 둘이 있는 것과 마찬가지, 개태사를 지금의 위치로 옮기면서 오히려 세종에게 쫓겨나 왕건신은 또 한 번 떠돌이 신세가 되어 낯선 하위신들의 세계에 들어선다.

객지에서 들어왔으니 낯설기도 하고, 자리가림도 하고, 터줏대감 신들이 쉽게 자리를 내주지도 않았다. 비록 시절이 바뀌어 떠돌이 신세가 되었지만 왕건신의 위력을 알고 있어 자칫 불쌍히 여겨 자리를 내주었다가는 그 뒷날을 감당하기 어렵다는 것도 알고 있었다.

그때 후사가 없어 매우 안타까웠던 설화자가 이 신들에게 신탁을 의뢰했다. 그러나 그들에게도 영역이 있는 법, 그 일이라면 삼신할미가 해야 하기 때문에 함부로 신의를 보낼 수 없었다. 마침 삼신할미도 외유 중이어서 그의 안타까움은 더할 수밖에 없었다. 그의 선택은 마지막으로 갈 데없이 떠도는 왕건신을 끌어내어 느티나무에 앉혀 몸주로 삼게 하는 것이었다. 그 느티나무가 바로 천호리 느티나무인데, 이 나무는 오래전에 왕건이 하사한 나무 중 하나였으니 꽤나 설득력이 있었다. 왕건신은 초라하고 자존심이 상했지만, 더욱 숨어들어갈 곳이 필요하던 차에 더없이 좋은 기회였다. 이렇게 목신이 천호리 느티나무에 먼저 앉게 되었다. 그 설화자는 곧 아들을 얻고자 하는 신탁을 했고, 신탁이 그리웠던지 목신은 곧바로 그 답을 주었다. 이런 연결 고리를 통해 왕건 신은 민중 속으로 신격의 하향을 맞는다.

마을 비보수로 쓰이고 있는 화악리 신목, 정확히 어느 신목이 왕건 나무인지 확실하지는 않지만, 그 밑에 대대로 천연기념물인 연산 오계를 보존하고 있는 주인께서 집안차원의 목신제를 올리고 있다.

얼마 후 임진왜란이 벌어지고 또 다시 정국은 예전처럼 회오리치고 있었다. 왜놈들은 사람, 동물을 가리지 않고 살육했다. 탈취하는 것은 쓸모있거나 쓸모없거나, 먹을 거나 먹을 수 없는 것을 가리지 않았다. 살아있는 자는 살아서 치욕스러웠고, 죽은 자는 아무것도 할 수 없어서 치욕이었다. 가장은 가족을 지키지 못해 부끄러워했고, 어머니는 아이를 지키지 못해 실신했다. 이때도 국가는 도망가기에 바빴다.

사람들은 천호리 목신에게 달려가 이 치욕을 갚아줄 것을 호소했다. 사람들은 간절히 신탁을 했다. 그런데 왜장

화악리의 또 다른 신목, 상처가 많은 나무다. 자신의 몸주를 상해가며 신의를 보여야 할 절박함이 움푹움푹 패인 상처에 묻어난다.

이 하필 화악리 나무 밑에서만 휴식을 취하였다. 왜장은 이미 마을을 쑥대밭으로 만들고 개태사의 석불을 부수는 등의 난행을 일삼고 이곳에 왔다. 그는 이 나무 밑에서 승리를 자축하는 잔치를 벌였다. 목신으로써는 기회를 엿보고는 있었지만 그러나 그것은 그 목신 밖의 일이었다. 어찌할 수가 없었다. 목신은 목신대로 자못 기회가 오지 않아 안타까웠지만, 사람들은 목신이 신의를 내리지 않는다고 생각했다.

　이때 의연히 민중들이 일어나 왜구를 물리치는데 그 결정적인 역할을 한 것이 바로 화악리 느티나무 목신이었다.

사람들은 이 화악리에 있는 느티나무도 왕건이 하사한
또 다른 나무임을 기억했다. 그러니 천호리 느티나무처럼
왕건 목신이 있을 거라 믿었다. 아니 왕건신이 아니더라도
괜찮았다. 무조건 목신을 불렀다. 섬김을 다짐했다. 급하
게 앉힌 목신이었다. 이름은 같았지만 엄연히 다른 목신이
었다. 누군가 왕건에게 한 수 배워 이곳에 목신을 들인
것이다. 왕건신은 그래서 또 자신이 하사한 나무를 몸주로
삼아 또 다른 목신이 되었다.

사람들은 왜구들이 한 놈도 살아 돌아가지 못하도록 신
탁했다. 급하게 들어선 목신은 고려 때 왜구들의 침탈을
기억하고 있었다. 그때는 도망가기 바쁜 왕이나 신료들 아
무도 신탁을 하지 않았고, 그래서 아무런 신의도 내릴 수
없었다.
사람들이 새로운 목신에게 신탁한다. 신탁을 들어주지
않은 천호리 목신보다 새로운 목신을 선택했다. 그러나 속
셈은 두 신의 경쟁을 부추기고 있었다. 목신을 들이면서
왕건의 투 트랙을 목신에게 사용하게 되는데, 화악리와 천
호리 두 느티나무 목신의 묘한 경쟁심과 견제 심리를 이
용하여 목신의 신발을 극대화시킨 것이다. 목신간의 경쟁
이 이뤄진 것이다. 어찌 보면 왕건이 만든 투 트랙을 왕
건이 당하는 꼴이랄까. 누군가 역사 행간을 설화로 승화시
킨 멋진 풍자다.

간곡한 신탁이 새 목신을 움직였다. 아니 어쩌면 새로

선택된 목신의 길은 신의를 내리는 길 밖에 없었다. 그러나 아직 신의를 주관할 힘이 없었다.

천신에게 부탁한다. 그러나 자신의 희생이 요구됐다. 맑게 개었던 하늘에 시커먼 비구름을 모아 폭풍우와 함께 찢어지는 듯한 천둥소리를 동반한 엄청난 화살같은 벼락을 내렸다. 마침 나무 아래서 취흥에 빠져 있던 왜군들은 순식간에 일어난 벼락을 맞아 타죽었다. 그리고 느티나무도 일부 손상을 가져오는데 이때 맞은 벼락으로 나무의 밑둥치가 불에 타 속이 텅 비게 되었다. 목신이 천신에게 부탁하여 자신의 희생을 감수하며 신의를 보인 것이다.

이때부터 두 목신간의 경쟁이 이뤄졌고, 덩달아 두 마을 사람들도 묘한 경쟁심이 발동되었다.

천호리 본래의 신목이 6.25 때 타고 없어진 후 다시 심었지만 아직 신목으로 삼기에는 어리다.

어쨌든 화악리와 천호리는 왕건이 하사했다는 각각 다른 목신이 있고, 이들은 마치 경쟁하듯이 사람들의 신탁을 받고 있다.

불행히도 천호리 목신은 6.25 때 벼락 맞아 텅 빈 곳에 인민군들이 폭탄을 넣어두었는데, 전쟁 후 나무에 불이 나 그 폭탄이 터져 느티나무는 산산조각이 나고 목신은 다시 몸주를 잃고 말았다.

그때의 안타까움으로 사람들이 다시 심은 느티나무가 아직은 목신을 받을 여력이 없는 작은 몸주이지만, 마을 사람들에게는 천호리 목신으로 자라고 있고, 화악리 목신은 비보수로 전락하여 간신히 젯밥을 얻어먹고 있다.

인간의 잔꾀로 신들의 경쟁을 부추겼으나 신은 그냥 신일 뿐이다.

25

동상이몽을 꿈꾸게 하다,

성동면 원봉리 왕재 목신

왕재는 논산에서 부여로 가는 국도변에 위치하고 있는 원봉리 어귀의 불쑥 내민 야산이다. 사람들은 이곳을 선돌이라고 부르기도 한다. 이 야산에 800년이나 된 오래된 느티나무가 있는데, 이를 왕재나무라 하고, 이곳의 목신을 왕재나무 목신이라 한다.

원봉리 목신제는 다른 곳과는 조금 달리 우리 민족의 자연 친화적 사고인 풍수 사상이 목신과 결합한 형태다. 그래서 이곳 목신을 이해하려면 마을의 지세를 풍수적으로 해석한 후에야 가능하다. 풍수는 자연의 이치가 사람에게 미치는 영향을 집중적으로 해석한 사상이다. 이는 자연과 인간의 합일사상에서 출발하는데, 자연이 만들어진 이치가 곧 음양오행에 있듯이 사람 또한 음양오행에 의해 구성되었다면 자연이 가지고 있는 오행의 이치가 당연히 인간의 오행과 같으므로 그것은 서로 감응을 하여 인간에게 영향을 미친다고 보는 사상이다.

원봉리는 노성산을 조산으로 둔 사두혈이다. 즉 원봉리 선돌은 뱀의 머리처럼 둥글게 오똑 솟았다는 것을 뜻한다. 뱀의 머리는 번쩍 들고 있을수록 좋다. 그리고 이 사두혈이 제대로 복을 받으려면 뱀의 먹이인 개구리가 있어야 하는데, 이 개구리에 해당하는 곳이 내 건너 대미마을이다. 그런데 이 둘만 있으면 뱀이 개구리를 잡아먹어 형세가 무너지고 그 감응도 또한 없어져 반드시 필요한 것이 이 둘을 중재하는 것이 있어야 하는데 어느 때는 지네 형세를 한 것이 그 역할을 하기도 하고 어느 때는 가로막는 냇가가 그 역할을 한다. 이곳은 바로 삼호마을의 지네와 마을 앞 냇가 둘 모두 두었으니 뱀의 기운의 크기를 가늠할 수 있다. 삼호마을은 원봉리와 이웃하고, 냇가는 선돌을 감아돌아 나간다.

이 삼호마을 지네는 뱀이 개구리를 잡아먹으려고 움직이면 뱀을 공격하기 때문에 뱀이 함부로 움직이지 못하고, 개구리 또한 항상 뱀이 공격을 할까봐 움직이지 못하여 서로 팽팽하게 긴장한 형국을 이룬다, 이런 지세를 일러 삼수부동(三獸不動)의 명당이라 한다. 또 차단의 역할을 하는 것이 바로 앞의 물인데, 물이 가로막고 있어 함부로 뱀이 건너가지 못하는 것이다. 원래 내 건너 대미마을의 대미봉도 선돌의 일부였을 것으로 보이는데, 이는 마을 사람들이 물길을 가로질러 냈을 가능성이 크다. 그래서 일부러 대미마을을 독산으로 만들어 삼수부동의 형세를 유지했을 가능성이 크다. 그런데 물을 가로질러 대놓고 보니 자연히 마을 빨래터가 생겼고, 이 빨래터에서 다듬이 소리를 내며 빨래를 하면 놀라서 개구리나 뱀이 도망갈 수 있다 하여 빨래도 못하게 하였다. 이치 있는 물행절목(勿行節目) 중 하나였다.

이렇게 풍수적으로 마을을 이해하면 선돌이나 대미마을의 봉우리가 왜 중요한지 알 수 있다. 이 마을에서 가장 중요한 곳이 바로 선돌이고, 이 선돌을 지키고 있는 것이 왕재나무이므로 왕재나무를 지킬 수 있는 목신을 앉혀서 왕재나무를 보호할 수 있게 한 것이다.

또한 개구리 역할을 하는 대미마을은 그 마을대로 선돌 마을 뱀의 먹이가 되지 않도록 하기 위하여 봉우리를 지켜 야하는데 그 봉우리를 지키는 수호신이 필요하게 되었다.

처음에는 원봉리와 대미마을이 함께 왕재나무 목신제를 지냈다. 원봉리 사람들은 왕재 나무가 무성하여 자신들을 지켜주기를 바랬고, 대미 사람들은 그저 보호하사 이 뱀이 내를 건너지 않도록 해달라고 빌었다. 이렇게 동상이몽의 목신제가 진행되었다.

두 마을이 서로 자신의 편으로 잡아당기고 있듯이 양쪽으로 벌어져 찢어질 위기에 처하자 쇠밧줄로 이어 매고, 사다리로 받치고 있지만 이미 갈라선 목신처럼 마을도 갈라졌다.

그러나 대미마을 사람들이 목신의 사유체계를 이해하는 데는 얼마 걸리지 않았다. 날이 갈수록 대미마을 사람들은 왕재나무 목신을 의심하기 시작했다. 그들의 바람과는 달리 대미 사람들은 불운에 휩싸이거나 가난을 벗어나지 못하게 된다. 한편 원봉리 사람들은 목신의 신의를 따랐고, 마을은 풍요로워졌다. 그렇고 보니 신운은 순전히 원봉리 몫이 되는 것이 아닌가. 대미마을 사람들은 생각했다. 왕재나무는 순전히 원봉리 사람들의 신탁만 들어준다. 우리가 젯밥을 주면 줄수록 뱀은 더욱 승승장구할 것이고 호시탐탐 대미마을 개구리를 노릴 것이다. 언제 잡힐지 모르는 개구리는 기를 못 펴고 불안하게 살다보니 못사는 게 당연하다고 생각했다. 그들의 입장에서 보면 왕재나무 목신제가 어쩌면 스스로 자신들의 목을 죄는 행위일지도 모른다고 생각했다. 그래서 생각해낸 것이 내 몸은 내가 스스로 지켜야한다고 생각했고 더 이상 왕재나무 목신제는 참여하지 않기로 한다.

그들은 나름대로 대처하기 시작하는데 우선 대미봉의 몸집을 키우기 시작한다. 뱀이 함부로 덤비지 못하게 몸집을 키운 것이다. 대미봉이 크게 보이기 위해 나무도 심고 주변에 집도 짓는다. 드디어 어느 정도 몸집이 커질 무렵, 심었던 나무가 무성하게 자라 목신의 몸주가 될 수 있을 정도의 크기가 됐을 때 새 목신을 앉혔다. 비록 몸주가 작기는 하지만 느티나무에 목신을 들였다. 비로소 동상이몽의 왕재나무 목신에서 독립된 목신을 갖게 된다. 왕재나무 목신이나 대미리 목신이나 둘 다 봉우리를 지키기 위한 일종의 고용된 목신이었다.

그러기를 몇 해, 마을에는 일찍이 그렇게 커다란 신이 마을까지 들어온 적은 없었다. 이것은 신들 간의 불문율이었다. 그러나 불문율을 깨고 애들 놀이터에 어른이 들어와 규칙 없는 자치기하듯이 새로운 거대한 신이 마을에 들어오게 되고, 당황한 목신은 자연히 밀려나는 수모를 겪게 된다.

이렇듯이 처음에는 마을 전체가 함께 제를 지내다가 둘로 나뉘어 지내고, 이마저 뜸해지더니 종래에는 마을 무당이 혼자 지내기에 이르는데 그 이유가 재미있다.

새로운 신이 마을에 들어오고 마을 사람들 생각이 그 커다란 신에게 쏠릴 때를 즈음하여 마을에 변고가 생기기 시작했다. 소외될 위기에 닥친 왕재마을 목신과 대미마을 목신이 합심해서 대항하기 시작한 것이다. 마을에 들어온 거대한 신도 부처나 산신처럼 직접 실행력이 없다는 것을 안 목신의 적절한 대응이었다.

왕재나무 앞으로 난 도로에서 자꾸 교통사고가 나는 것이었다. 길도 좁고 빨리 다니는 길이 아닌데도 원봉리나 대미마을이나 가릴 것 없이 사고가 빈번하였다.

본래는 다리를 놓으면 안 되는데, 다리를 놓았으니 다릿제를 지내야 한다고 어느 노인이 귓띔을 해주었는데, 사정이 급하게 이르자 제를 지내야 하는데 이미 그 때는 제를 지내는 법도 모두 잊고 있었다. 그래서 부른 것이 마을 무당이었다.

그러나 무당이 모시는 신과 목신과는 엄연히 차서(次序)가 다른 법, 관계를 굳이 따지자면 무당이 모시는 동자신이나 장군신이 상위신이요, 목신은 하위신이다. 무당은 목신을 가끔 빌리기는 하지만 모시지는 않는다. 이곳 왕재나무 목신도 마찬가지였다. 가끔 삼을 잡을 때나 동티를 잡을 때 빌리던 목신일 뿐이었다.

이 때 부탁한 무당이 바로 왕재나무와 이웃한 무당이었다. 한때는 이 지역에서 소위 신발이 날리던 무당이었다. 잔굿인 병굿이나 동티굿을 비롯하여 큰굿인 마을굿까지 도맡아 치뤘었고, 시루떡 한 말에 종일토록 원혼굿을 하기도 했고, 부잣집 도령의 무병장수를 위해 백일을 굶으며 기도를 했다. 그의 신발은 인근 뿐 아니라 서울까지도 알려졌고 굿값이 천정부지로 올랐다. 그러자 마을 사람들은 굿 대신 병원을 찾았고, 때맞추어 그의 신발은 점점 줄어들었다. 나중에는 사설도 잊을 정도로 그의 굿은 굳어갔고 그녀 또한 조금씩 굳어 갔다.

아무리 신당을 차리고 열흘, 백일을 두문불출하고 다시 신이 발하도록 기도를 해도 별 무소용이었다. 단지 보이는 것이 동자신이 아닌 왕재나무 뿐이었다. 그녀는 거절했다. 자신이 모시는 신격을 떨어트린다는 것을 받아들일 수 없었다. 그러나 무당은 수용하기 힘들었지만 다른 방도가 없었다. 마침 마을 사람들의 청이 있는 참에 왕재나무를 받아들일 수밖에 없었다.

이렇게 마을 사람들과 무당이 서로 필요에 의해 결합했다. 사흘 밤낮으로 굿제를 지내자 마을의 사고는 잦아들었고 사람들은 편한 마음으로 다리를 건너다녔다. 마을은 다시 평온을 되찾았다. 그 뒤로 왕재나무 목신는 무당이 모시는 신이 되었고, 무당의 신탁에 의해 모든 것은 이뤄졌다. 이렇게 신으로써는 격상을 이뤘지만 사람들은 이미 떠나버렸다.

26 기묘사화의 은유적 심리에 절을 하다, 성동면 개척리 전우치 목신

논산 성동면 개척리는 부여와 경계를 한다. 백마강과 근접해 있다. 강경읍에서 부여 쪽으로 올라가는 799번 도로를 십 리쯤 가다 마을로 들어서면 나즈막한 언덕에 아주 오래된 은행나무가 도술을 부린 듯 심란하게 서 있고, 정월이면 목신제를 지내는데, 이 은행나무 목신이 바로 전우치 목신이다.

이곳 전우치 목신을 이해하려면 지금은 군계가 갈라졌지만, 인근의 부여 포사마을 파진산 산신과 동시에 들여다보아야 한다. 파진산에는 전우치 산신이 있기 때문이다.

이 두 곳이 모두 전우치가 밥알을 내뿜어 나비 화신을 만들었듯이 개척리에는 목신이, 그리고 포사리에 산신이 들어서게 되는 데는 전우치가 절대적 영향을 미치게 된다. 이렇듯이 두 곳은 신격을 떠나 모두 전우치와 관련된 곳이기 때문에 하나씩 떼어놓고 보기 어렵다.

전우치는 남양을 본관으로 한 1500년경의 사람이다. 탄생도 불분명하고, 죽은 시기도 불분명하다. 다만 개성에서 태어났고 시문을 잘했고 진사 정도는 했다고 하며, 도술을 잘 부렸고 신선계에 올랐다고 전해진다.

그가 중종 시대의 남곤과 홍경주로 대표되는 훈구파의 반발로 발발된 기묘사화에 숙청된 신진사대부인 조광조 등과 연관 있어 화를 피해 도피했던 인물이라고 전해진다.

특히 가을철에 가면 본래의 몸주보다 화신처럼 샛가지가 성하고, 전우치의 밥알이 변신한 나비가 모두 내려앉은 듯 화려하다.

그가 도피하면서 도술로써 훈구파의 정치적 행태를 조롱하고 백성들을 혹세무민했다고 사형에 처해졌다고 하지만, 확인할 길은 없고 다만 이때부터 그는 사림파들의 마음과 입을 통해서 도술가로 다시 살아나기 시작한다.

어쩌면 기묘사화에 당한 사람들의 카타르시스를 만족시킬 분신이 필요했을지도 모른다. 그러기엔 평소 기인이었던 전우치가 적격이었다. 전우치는 그들의 상상력 속에서 쑥쑥 자라나 사람들 속에 각인되면서 어느덧 그들의 상상력은 제어하기에 힘들게 된다. 그들 상상력을 떠난 전우치는 스스로 자라고, 스스로 도력을 깨닫기 시작하고, 스스로 날아서 돌아다니고, 스스로 시대를 파괴하기 시작했다.

나라에서는 혹세무민하는 그를 잡기 위해 혈안이 되었지만, 한밤중에 은밀하게 처마 밑을 타고 돌거나, 귀에서 귀를 통해 피하고, 하늘을 날아 사라지는 통에 잡을 수가 없었다. 언론통제, 행동통제, 나라에는 그를 막을 수 있는 모든 방법을 동원했으나 늘 그들의 상상력을 뒤쫓아 다닐 수밖에 없었다. 아무리 큰 공권력을 동원하더라도 상상력을 잡을 수는 없었다.

그들의 상상력이 한양을 떠나 조선 전체를 뒤덮으며 전우치를 연호했고, 그 환호 속에서 그는 그렇게 부여까지 왔다. 그렇게 전우치에 대한 기묘사화를 조롱한 상상력은 우연인지 아니면 의도적이었는지 마침 남양 전씨의 입향 시조인 전득우 선생의 묘가 있는 우곤리 부근인 논산 개척리에 도착한 것이다.

그러나 상상력만으로 세상을 뒤집을 수는 없는 일, 상상력에 피로감을 느끼기 시작했고 전우치는 그 즈음에 현실 정치에 반항하는 은유적 도술 부리기에 염증을 느끼며 그의 피신 생활을 마감하려 한다. 그러면서 서서히 신선 세계에 들어가기 위한 작업을 시작한다.

그러나 도력은 이제 거의 신력에 가까웠으니 그동안 현실 세계에서 그를 지탱시켰고, 도왔던 은행나무 지팡이를 버릴 때가 되었다. 지팡이는 그가 짚고 있던 현실과의 끈이었다. 비로소 그는 지팡이를 현실 속에 꽂아 놓았다.

"이 지팡이가 살아서 잘 자라면 전씨 가문이 번창할 것이요, 죽으면 전씨 가문 모두가 남의 그늘에 묻혀 참담하게 살 것이다."

전우치의 마지막 덕담이자 립서비스였다. 그 지팡이에서 싹이 나 지금의 개척리 은행나무가 되었으니 지팡이에서 싹이 필 것이라는 그의 도술을 믿었는지 모른다. 어쨌든 은행나무는 싹이나 살아났으나 그 말을 전해 듣고 이곳으로 몰려온 사람들은 어땠을까? 번창하기 위해, 아니 살아남기 위한 절박한 이야기는 후손들의 몫이었다.

그곳에 지팡이를 꽂아두고 유유히 전우치는 마지막 득도를 위해 인근의 부여 땅 파진산으로 갔다. 파진산이야말로 신선계로 가는 길목으로 적격이었다. 깍아지른 절벽은 도도한 백마강을 범접하여 좁은 협곡을 만들어 늘 빨려 들어가는 듯한 회도리의 환상을 보여주는가 하면 백마강의 잔 물결은 늘 연무를 피워 산 주위를 감싸 신비함을 더하니 비록 산은 얕아도 백만 군사가 와도 길을 잃고 헤매는 요새 중의 요새가 펼쳐져 있었다.

파진산이다. 전우치가 득도하고 신선계를 오르내리던 곳이다. 한쪽은 백마강과 접하여 깎아지른 절벽을 이루고 있고, 한쪽 기슭은 마을이 차지하고 있다.

온 세상의 상상력은 이제 파진산에 집중되었다. 파진산은 옛 백제 부흥군이 마지막 배수의 진을 치고 싸운 곳이기도 하다. 점점 사그러드는 상상력과 쫓아오는 조선 군대 속에서 그도 어쩌면 천계가 아니면 더 이상 물러날 길 없는 배수의 진을 치고 도를 닦았는지 모를 일이다.

그러던 어느 날 그의 득도를 방해하던 예쁜 여자로 변신한 여우의 입 속에서 꺼낸 구슬을 얻은 후 파진산 산신에게 신선의 비결을 얻게 된다. 이때 처음으로 파진산에 산신이 등장하게 된다. 그는 득도를 하고 새끼줄을 타고 신선계에 오른다. 밥알을 뿜어 나비로 만들어 온 산을 형형색색의 펄럭이는 나비들로 수놓으며 자신의 득도를 자축했다. 그렇게 전우치는 신선이 되었다. 사람들의 상상력의 끝이었다.

그 후 그가 남긴 예언과 지팡이에서 싹이 돋았다는 기적과 그가 신선이 되었다는 소식을 들은 남양 전씨들은 정치적 박해를 피해 이곳으로, 신선이 된 전우치의 선계를 본받기 위해 모여들기 시작했다. 낙향한 전씨들이 부여 포사 마을에 집성촌을 이루고 살게 된 이유다.

"뭐, 지금이야 좋아졌지유, 우리가 어렸을 때도 이 동네는 좋은 동네는 아니었쥬. 밤낮으로 백마강이 넘쳐났으니께유. 흐르던 물이 파진산에 막히면 밭으로, 논으로 밀려들어오니께유. 심하면 안방까지 물이 밀고 오질 않나. 물지랄하면 정신읎유. 먹고 살 게 읎으니께 해방 이후에도 개간을 해서 논을 만들었지유. 그러면 뭐 헌대유. 그런데 원체 들판이 낮은 지형이어서 비만 오면 물바다가 되니… 들리는 말로는 조선시대에 둑을 만들고, 왜정 때도 막고, 했다는디."

버려진 땅, 아무도 찾지 않는 땅, 전우치를 찾아온 그들 신세도 그 땅과 같았다. 그러나 그들에게 그곳에는 전우치 신선의 이상이 있었고, 그 땅은 이상향이었다.

중국 신선계의 어머니, 곤륜산에는 서왕모가 있어 천계에 올라가는 길목이라면 조선에는 전우치가 파진산에서 새끼줄을 타고 천계에 올랐다 하니 가히 이곳이 조선 선계의 아버지 전우치가 있어 천계로 올라가는 길목이다. 그들은 그래서 그 산을 일러 곤향산(崑香山)이라 불렀다. 바로 전우치가 득도한 곳이 바로 파진산이요, 이 파진산이 바로 곤향산이다.

그들은 신 중의 신, 신선을 열망이었다. 그들은 도착하자마자 우선 그들의 선조인 전득우 묘소를 전우치 득도처인 파진산에 이장한다. 1565년경이다. 그들의 지향점을 알 수 있는 대목이다. 곧 이곳은 그들의 유토피아, 이상향이었다. 홍길동의 율도국이나 그들의 파진산이나 매한가지였다.

그러나 현실은 달랐다. 냉혹했다. 전우치를 따라 이곳에 온 전씨들은 삶을 송두리째 뺏기기 일쑤였다. 정치적 박대는 참을 만 했지만, 넓고 방만하게 유유히 흘러오는 백마강이 갑자기 파진산 협곡으로 달려 들어오는 거센 물줄기는 막으면 터지고, 또 막으면 터져 내내 농사지은 작물들을 자비 없이 쓸어갔다. 배고픈 그들에게 물막을 훑고 올라오는 찬 강바람과 저지대의 습한 냉기는 늘 병마를 달고 살게 했다.

파진산 산제 유사책

그들이 갈 곳이라고는 파진산 밖에는 없었다. 바람을 막아주고, 물을 피할 수 있는 곳이었다. 그러나 쉽게 접근하기 어려운 곳이었다. 곤향산이었기 때문이다. 신성한 땅, 즉 신계를 파괴한다는 것은 그들의 이상향을 포기하는 것과 마찬가지였다. 그러나 마을에 물이 차고, 더 이상 살수가 없을 때 마을이 서서히 산기슭으로 올라가기 시작했고, 그러기 위해서는 다만 파진산 절대 신인 산신의 허락이 필요했다. 예를 갖추고, 산신이 싫어하는 것은 멀리 하고 산신이 기꺼워하는 것은 가까이 하여 정성을 다해 신탁을 했다.

옛날에는 산신제를 올리면 유사(有司)와 제관들만 올라갔다고 한다. 소원을 적은 소지를 한 사람당 한 장씩 별도로 만드니까 200장도 넘었다고 하니, 소원도 다양하고 많았던 모양이다.

그것이 산신제의 시초가 되었다. 그들에게 터를 내준 곤향산 산신이 고마울 뿐이었다. 당연히 그들이 모신 산신은 그들 마음속을 지배하고 있는 전우치였을 것이다.

그러고서야 간신히 산기슭 한편을 얻어 살 수가 있었고 겨우 목숨을 부지하고 자손을 번성시키며 대를 이어가던 그들에게 개척리 은행나무에 대한 전우치의 예언이 맞는다는 것을 안 것은 아마 그 훨씬 후였지도 모른다. 목신제의 시작이었다. 문중에서 지내는 유일한 목신제다. 은행나무의 신력은 오직 자손 번성에 있었다.

목신에게는 다산을, 산신에게는 풍수재해가 없기를 빌었다. 그렇게 그들은 천계에 올라간 전우치를 다시 지상으로 끌어내렸다. 전우치에게는 안 되었지만, 그를 찾아 여기까지 온 그들은 생활이 퍽퍽했는지, 이승이 좋았는지 득도할 생각은 없는 채 오직 이것만이 전우치를 가까이에 둘 수 있는 방법이었다.

27 나라에서 버린 목신,
백성들의 목신으로 우뚝 선

주암리 성황 목신

부여 주암리 은행나무는 수령이 오래된 만큼 설화도 많다. 안내문에 있는 것만도 서너 개가 있는데, 백제시대 설화부터 아주 근세에 이르기까지 다양하여 시대에 따라 설화가 어떻게 변화하고 구전되었는지 알 수 있다.

그 중에 목신에 관하여 구체적인 단서가 있는 조선 건국에 관한 설화가 눈에 띈다. 고려시대의 신은 국가에서 모신 신부터 일반 백성들이 모신 신들에게까지 일정한 격과 신분이 주어졌었다. 설화 내용으로 보아 아마 목신으로 받들기 이전의 신은 목신보다는 격이 높은 고려 때 성황신으로 모셔졌던 신이었을 것으로 보인다.

이성계가 조선을 건국하기 전에 전국 산천의 신에게 제를 올리며 신들의 지지를 호소하는데, 이때 주암리 성황신은 이성계의 산신 초대를 젊잖게 거절함으로써 이성계의 역성혁명을 지지하지 않는다. 당시에 이 지역에는 이성계의 조선 건국 움직임에 반대하는 고려 호족이 살았던 지역으로 추정할 수 있는 대목이다. 그러나 이미 대세는 기울었고, 아무도 이성계의 힘을 막을 수 없다는 것도 알았을 것이다. 그렇다 하더라도 고려 호족의 젯밥을 먹던 성황신이었으니 덥석 세력을 따라 이성계를 지지할 수가 없었을 것이다. 그래서 이성계의 산신 초대를 점잖게 거절할 수밖에 없었을 것으로 보인다. 이때 초대된 신들이 전국의 최대지분을 가지고 있던 38신이었으니 아마 이성계는 주암리 신을 포함한 39신을 초청하려 했을지도 모른다.

드디어 역성 혁명이 일어나고 조선이 건국된다. 조선은
1530년에 발간된 『신증동국여지승람(新增東國輿地勝覽)』에
따르면 당시 초대했다는 38신 뿐 아니라 전국 328개
군·현에 325개 성황사를 세워 호국 성황신을 모시게 하
고 국가에서 직접 치제를 하여 산천에 제를 지내게 된다.
그러나 이때 이성계의 초대에 응하지 않은 이 은행나무성
황도 괘씸죄에 걸려 당연히 제외되었을 것으로 보인다. 특
히 그의 아들 태종은 백악과 송악 성황신을 국가에서 직
접 관장하는 신도(新都) 성황으로 모시기도 한다.

한편 세종은 예산 대흥현의 소정방 신 등 외국 장군신
과 곡성의 신숭겸 신, 양산의 김인훈 신, 밀양의 손긍훈
신, 의성의 김홍술 신 등 고려 공신을 모신 사당을 과감
히 정리하기도 한다.

그러나 이때 이성계의 초대에 응하지 않은 이 은행나무
성황도 괘씸죄에 걸려 당연히 제외되었을 것으로 보인다.

젯밥이 고팠는지, 치성이 그리웠는지 그 뒤 시대가 바뀌
고 세월이 흘러서 비로소 성황신은 조선에 몇 번이고 상호
간의 껄끄러움과 섭섭함을 뒤로 하고 화해의 시그널을 보
낸다. 큰일이 날 조짐이 보일 때마다 때로는 울기도 하고,
또는 스스로 자신의 가지를 잘라내어 피를 토하기도 하고,
어느 때는 만수산 드렁칡이 고려를 감쌌듯이 드렁칡으로
나무를 감게 하여 신의 목소리를 전했지만 조선 조정의 누
구도 신탁하러 오지 않았다. 끝내 조선은 못 본 체 한다.
이미 신도(新都) 성황이 있기도 했고, 등 너머 가까운 홍산

비록 백의종군하지만 그 위세와 자존심은 자못 대단하여 벼슬을 버리고 낙향한 선비 같다.

에 이미 성황신이 따로 모셔졌기 때문이었다. 사람이나 신이나 다 때가 있는 모양이다.

조선이 성황신의 시그널을 외면하자 이번에는 목신도 조선을 외면했다. 서로 등을 돌렸지만 더 토라진 쪽은 목신 쪽이었다. 그 뒤로는 조선에게 그 어떤 신호를 보내지 않았고, 하물며 조선이 망해간다 해도 꿈쩍도 하지 않았다.

그 목신은 백제가 망할 때도 신라가 망했을 때도 신호를 보냈던 나무였지만 조선이 망했을 때 신호조차 주지 않았다. 오히려 민초들에 의해 목신으로 추대되는 엄청난 신탁 사건이 벌어지는데, 이 신탁이 이 목신을 전설적인 목신으로 만들었다.

성황신의 외면 속에 대책 없던 조선은 맥없이 망했다.

그런데 때마침 나라가 망하자 인근에 우질이 돌았다. 민초들에겐 나라가 망한 것보다

우질이 더 걱정이었다. 민초들에게 나라야 있으나 없으나 마찬가지였다. 오히려 없는 게 더 나을지 모른다. 보태야 할 때는 빼고, 빼야 할 때는 보태는 게 나라였다. 그러나 소가 없이는 살 수가 없었다. 보태야 할 때 곱하고, 빼야 할 때에 나누는 게 소였다. 소는 개인의 것이라기보다는 마을의 자산이요, 노동력이었다. 소는 재산이라기보다 가족이었다.

그런 소에게 전염병이 돌았다. 전염병은 소를 싹쓸이하고 있었다. 점점 마을로 다가오고 있었고, 마을 사람들이 느끼는 공포는 엄청났다. 어떤 방책도 없었다. 어떤 약도 없었다. 나라에서도 손을 놓고 있었고, 오히려 소를 죽였다고 닦달하고 있었다.

누구였을까. 이 마을 오래 전에 떠났던 사람이었을까. 비록 지금은 나라에서 버렸지만 이곳에 엄청난 신력을 갖춘 성황신이 있었다는 것을 기억했다. 기댈 곳이 이곳밖에 없는 절박함이었을지도 모른다. 그는 무작정 소를 끌고 이곳에 도착했다. 그리고 잔을 붓고 목을 조아리며 간절한 신탁을 했다. 신의 답을 기다리며 소를 끌고 은행나무 주변을 돌기 시작했다. 하염없이 돌았고, 비로소 그의 다리에서 힘이 풀리고 끌려온 소가 거품을 물고 쓰러질 지경에 이르러서야 신탁에 대한 답이 내렸다.

모두 내게로 오라!
그의 소는 그렇게 심한 우질 속에서도 살아남았다. 그러자 인근 사람들이 한둘씩 병든 소를 끌고 모이기 시작했다. 그러더니 그 행렬이 줄을 이었고, 그 중에는 병이 든 소 뿐 아니라 건강한 소도 있었다. 장관이었다. 모두 은행나무 밑으로 모이기 시작했다. 누구 하나 끼어들려고 하지 않았다. 먼저 가기 위해 뛰지도 않았다. 신의를 믿었기 때문이다. 그리고는 모두 건강했다. 그를 버린 조선은 나라를 지키지 못했지만 목신은 소를 지킴으로 온전히 마을 신으로 우뚝 섰다.

이렇게 주암리 목신은 한반도 대표 39성황신에서 일개 마을 목신으로 신의 신분격하를 스스로 택하게 된다. 사람들은 다시 목신을 찾았다. 이때부터 민초들이 모시기 시작한 목신이 주암리 은행나무 목신이다. 지금도 해마다 목신제를 지내지만 제단 이름을 '행단'이라고 붙여 지나는 사람들이 웃는다.

28 신이 신을 질투하고, 사람이 신을 믿는
금산 요광리 행정 목신

　금산군 추부면 요광리에 가면 제일 먼저 눈에 띄는 것
이 은행나무인데 장승처럼 마을 앞을 버티고 서 있어 그
자체만으로도 위엄이 있다. 멀리서 보면 우듬지가 뻗은 모
양이 양팔을 벌려 하늘을 받듯이 하여 양기 왕성한 젊은
이 같지만 정작 가까이 가면 매우 신령스럽다. 이 마을은
해주 오씨의 집성촌으로 은행나무 밑에는 행정이라는 작
은 정자가 오래된 듯이 꾸며져 있다.

요광리 은행나무는 자칫했으면 단순히 갖다 붙이기 좋아하는 시인들의 시제거리나 은유하기 좋아하는 유학자들의 절의를 상징하는 평범한 나무가 될 뻔했다. 해주 오씨 입향조인 오유종 선생이 김종직과의 인연으로 벼슬길에 나가 전라감사까지 했는데, 김종직이 무오사화로 해를 당하자 그와의 의리를 지키기 위해 여러 차례 상소를 하지만 받아들여지지 않자 이곳으로 낙향하여 은행나무 아래에 정자를 짓고 울분을 달랬다고 해서 행정으로 불리는 나무였다. 그래서 후학들이나 집안에서는 절의를 상징하는 나무가 된다.

　그러나 역사란 언젠가 나타나듯이 목신도 언젠가 나타나게 되었는지 모른다. 그렇게 해주 오씨들의 무용담으로 굳어갈 무렵 목신이 마을 사람들 앞에 나타나는 계기가 오는데, 목신의 형상이 본 사람마다 다르다. 누구는 구렁이의 형상이라 하고, 누구는 나무꾼 모습이라 하고 누구는 아리따운 여인으로 변신했다고 한다.

　일제 때였다. 결정적으로 나무에 화재가 발생하면서 사람들 눈에 목신이 나타나기 시작한다. 은행나무 아래에 쥐들이 너무 들끓자 쥐를 잡기 위해 나무 밑에 불을 놓은 것이다. 그런데 불이 은행나무의 속으로 타고 들어가 쥐는 없어졌으나 불길이 꺼질 줄을 모르니 많은 사람들이 안타까워 했는데, 유독 묘령 여인이 나타나 매우 슬피 울더라는 것이다. 어찌나 슬피 우는지 그녀의 슬픔은 사람들의 마음을 움직여 급기야는 마을 사람들이 온 힘을 다하여 불을 끄기 시작하자 슬그머니 사라지는데 그녀가 누군지 아무도 몰랐다. 사람들은 은행나무 밑에서 사는 구렁이가 사람으로 변하였다고도 하고, 누구는 쥐신이 화신했다고 했지만 모든 사람들이 그녀를 나무의 정령이라 믿었다. 목신이라 하였다.

그러니까 이곳 목신은 사람들이 꺼내준 것이 아니라 스스로 나타나는 몇 안 되는 능동적인 목신이기도 했지만, 인간이 자신의 몸주를 태웠다고 원망하거나 분풀이도 하지 않는 대인배 목신이었다. 그렇다보니 가지를 꺾으면 꺾은 사람에게 화를 미치게 하는 신운이 없는 몇 안 되는 대인배 목신이기도 하다.

불이 나서 속이 빈, 빈 속에 빈 마음만 가득 차 공허한 아이들의 놀이터가 될 뻔한 평범한 은행나무에게 목신이 들어앉아 사람들의 신탁을 받아야 하는데 그것 또한 극적이어서 급격하게 마을신으로 받들게 된다.

바로 인근 마을에 장티푸스라는 전염병이 돌기 시작하더니 사람들이 죽어 나갔다. 이 장티푸스는 급속하게 마을로 침투해 들어오자 동묘산 산신에게 신탁을 했다. 그러나 산신은 신운은 고사하고 아무런 대답도 보이지 않자 사람들이 매우 불안해했다.

사람들은 다급해지자 화재 때 나타난 목신을 기억하고 아직도 은행나무를 몸주로 하는 목신이 있기를 학수고대하며 은행나무로 달려가 신탁을 청하며 매달렸다. 이때를 기다리던 목신은 화살이 과녁을 시원하게 뚫듯이 사람들의 불안한 마음을 뚫고 짠 하고 나타난다. 신운을 내린 것이다.

마을 밖에 새끼줄을 쳐라!

그렇게 극적으로 사람들 앞에 나타나더니 신운을 보이는데, 마을을 중심으로 왼새끼를 꼬아 신역을 표하니 바로 옆 마을까지 창궐하던 전염병이 근접하지 못한다. 그리고는 신운이 행해지길 연신 절을 하며 빌고 또 빌었다. 이윽고 사람들이 무사히 전염병의 고비를 넘기자 감사의 잔을 올린다. 이 사건 하나로 이전까지는 동묘산 산신을 모셨는데 전격적으로 마을신의 교체가 이뤄진 것이다.

요즘은 그 신역이 나무에게로 국한되어 나무 둘레에 왼새끼를 꼰 줄이 쳐져 있다. 지금은 늙은 목신이 안타까워 마을보다는 자신의 몸이라도 잘 추스렸으면 하고 나무에만 왼새끼줄을 친다.

왼새끼가 달랑 한 줄 감겨있다. 예전에는 마을에 위기가 닥치면 마을 전체를 새끼줄을 쳤지만, 지금은 마치 목신의 처지를 대변이라도 하듯이 그 영역도 나무에 국한되어 있다.

마을 사람들은 시시 때때로 제를 올리고 받들면서 점점 목신이 마을신으로 굳어갈 무렵, 신들의 싸움이 시작되었다. 신과 신의 싸움이 시작되었다. 산신과 목신의 대결이 시작되었다. 이 싸움은 산신의 질투에서부터 시작되었다.

산신의 입장에서 보면 굴러온 돌이 사람들의 마음을 움직이는 꼴이었다. 이 마을의 신은 산신이 먼저 마을 뒷산인 동묘산에 자리잡고 있었으니 더 마음 상하게 만든 것이다.

마을의 국세가 북향을 향하고 있어 북풍받이 한산(寒山)이 있고, 번들 바위가 마을 뒤편에서 늘 번질대며 심란하게 하고 있는데다가 땅도 그리 넓지 않아 산신의 존재는 필수였다. 그것이 바로 동묘산 산신이었다. 산신의 입장에서 보면 사람들보다는 나중에 나타나기도 했지만 격이 낮은 목신이 한번의 신운으로 대접받는 것이 더 못마땅했다. 그러나 마땅히 기회가 오지 않았다. 목신은 아예 몸주를 빌려 들어앉아 나오질 않았다.

그런데 어느 날, 목신의 신운으로 장티푸스의 근접을 막고 사람들이 안전해지자 한결 마을이 평온해지고 마을 사람들은 더 이상 신탁할 일이 없어졌다. 할 일이 없던 목신은 심심했던지 나무꾼으로 변하여 세상 구경을 하며 돌아다니다가 피곤하여 나무 밑에서 잠에 든다.

산신에게 기회는 왔다. 신물(神物)로 화했을 때 공격해야 잡을 수 있었다. 호시탐탐 기회를 엿보다가 깊이 잠들기를 기다려 호랑이로 변하여 나무꾼을 공격하기 시작했다. 싸움이라기보다 공격이었다. 나뭇꾼은 깊은 잠이 들었지만 어딘지 분위기가 싸늘하여 눈을 떠보니 산신이 자신을 공격하고 있었다. 혼비백산하여 재빨리 몸을 숨겨 위기를 넘긴다.

이 호랑이는 바로 동묘산의 산신이었는데, 이 산신은 신운은 보이지 못하고, 특별한 해코지도 못하는 산신이었다. 다만 신의 계열상 상위신으로 신의 세계에서만 존재하는 신이었다. 신운도 피지 못하고 늘 눈치만 살피는 것이 제대로 힘도 쓰지 못한다. 그러나 상위신인 산신이 호통을 치면 목신이 옴짝달싹 못한다. 그게 신들의 세계다. 자칫했으면 마을사람들은 목신을 잃을 뻔 했다. 그 후 목신이 몸주인 은행나무에 숨어서 나오지 않자 사람들은 산신을 달래기 시작했다. 그래서 그 뒤로는 사람들은 정월 초사흘, 동묘산 산신에게도 다시 제를 올린다. 산신제를 먼저 지내 우선 달래놓은 후 목신제를 지내고 대동놀이를 한다.

이야기를 마치며

목신이란 무엇인가?

한 마디로 목신이란 나무에 있는 신을 말한다. 마을 어귀에 있는 나무에 신이 들어앉으면 먼저 나무의 형태가 신령스럽게 변하기 시작하고 사람들에게 시그널을 보내기 시작하면 그것을 알아챈 누군가 신의 이름을 불러준다. 그러면 목신이 되는 것이다. 또한 인간이 절실한 처지에 닿으면 그 처지에 대한 답을 줄 곳을 찾는다. 그때 가장 가까이 있는 신을 찾아 마땅히 신을 들일 곳을 찾는 데 그곳이 나무였기에 그 신이 목신이 된다. 그렇게 목신이 된 신의 몸 주인을 신목(神木)이라 부른다. 신목은 각기 그 형태가 느티나무부터 은행나무, 상수리나무, 팽나무 등 다르기는 했지만, 모든 신을 하나로 뭉뚱그려서 우리는 '목신'으로 명명하였다. 또한 그 의식은 '둥구나무제' 또는 '괴목제' 좀 더 넓은 의미로 '마을제'로 표현되었다. 이 제사의 주신(主神)을 통틀어 목신이라 하였다.

그리고 신이 되면 곧바로 사람들은 신탁(信託)을 한다. 순간 이 신에게는 신격(神格)이 주어진다. 그것도 제일 하위의 신격이 주어진다. 그러면 신이 신의(神意)를 보내 자신이 존재함을 알려 그 지속성을 유지한다. 대개 이러한 경로를 통해 목신이 앉혀지고 노거수는 신이 된 나무가 된다. 사실 신이 깃든 나무가 정확한 표현일지 모른다.

결국 인간의 절실함에서 신기를 보거나 신의를 듣거나 한다. 언뜻 보기에는 그 절실함이 비슷할 것 같지만, 자세히 들여다보면 모두가 인간의 사정만큼 다르다. 이것이 이 글을 쓰게 된 이유이기도 하다.

우리만큼 신이 많은 나라도 드물다. 마을이 있으면, 사람이 사는 곳에는 어디든 그것이 바위면 바위, 물이면 물, 불이면 불, 하다못해 동물들에 까지도 신들이 도처에 널려 있다. 당연히 나무면 나무신이 있는데, 이 나무에 있는 신들은 오히려 모두 목신으로 불려 흔하게 널려 있어서 버렸는지 모른다. 그러나 그 모든 신이 같은 듯 하지만 모두 다르다. 신이 들어온 이유도 다르고, 신을 모시게 된 이유도 다르고, 목신과 신목, 그리고 인간이 얽혀 있는 수많은 이야기가 있다.

이 목신 작업은 설화 속의 보이지 않는 신들을 꺼내 사실 앞에 세우는 일이다. 문화는 사유의 결과물이요, 그 사유의 결과물이 당연 사실이면, 목신은 우리 민중들의 사유체계였고 목신은 바로 사실의 결과물이다.

그러나 시대가 변하고 더구나 공동체가 허물어지면서 목신들이 없어진 것은 아니지만 내팽겨져 있다. 지금은 다만 찾지 않을 뿐, 신은 늘 거기에 있다. 이 신을 찾아나선 것이 이번 작업이다.

목신을 찾아나선다는 것은 널려 있는 그나마 남아 있는 신들을 정리한다는 의미가 더 컸다. 신들의 격을 정리하고, 그 목신들의 지위를 확정하는 일은 누구도 하지 않았다. 가장 밑바닥의 자리에서 민중들의 곁을 지켜 온 신, 가장 실행력이 있고 실천적 신운이 있는 목신이야말로 진정한 신이 아닐까.

민중들의 염원이 신목에 담기고, 노거수에 살던 목신들은 민중들의 신탁을 들어주며 함께 마을 사람들이 되어 간다. 그 목신들이 각각 어떻게, 어떤 지위로 사람들 앞에 섰는지 파악하는 작업이다. 이것이 두 번째 이유다.

어느 친한 목사님과 내가 답사하고 글을 쓰고 있는 목신을 대화하던 중 그가 물었다. 목신이란 ○○이다. 일 때 ○○이 무엇인가. 나는 한 마디로 설명하기는 부족한 듯싶어 그 질문에 긴 설명을 붙였다. 그러나 그는 목신은 생명이다 라고 스스로 짧게 답을 지었다.

그럴지도 모른다. 신이란 가장 상위신인 하느님이나 부처님이나 가장 하위신인 목신이나 모두 인간의 생명과 연관되어 있다. 인간의 생명은 물이 들어 있는 매달린 풍선과 같다. 보이기는 정형화된 것처럼 보이지만 외부의 작은 물리적 힘에 의해 형태가 변하기 쉽고, 아주 작은 바늘에도 터질 수 있다. 이 뿐인가. 인생을 매달고 있는 약한 줄을 끊어 결정적으로 한 방에 인생을 나락으로 떨어트릴 수도 있다. 그러나 신은 이런 일을 하지 않는다. 그래서 기댄다.

그런데 아이러니하게 신의 생명 또한 인간에게 매달린 풍선 격이다. 보기에는 전지하고 전능하여 강할 것 같지만 그것이 강한 힘이라는 것과는 다르다. 신의 형태를 변형하는 것도 인간이요, 신을 한 순간에 버리는 것도 인간이다. 신의 물풍선을 단번에 터트리는 것도 인간이다. 이렇게 신이 하지 않는 일을 인간은 한다. 또한 그래서 신은 인간에게 자신을 맡긴다.

그러니 연역적으로 보면 인간의 생명은 신이요, 신은 곧 인간의 생명이 된다. 인간의 생명은 연약하여 신에게 기대지만, 신은 또한 유독 자신에게만은 연약하여 인간에게 맡길 수밖에 없다. 그래서 인간과 신은 얼핏 보기에는 유한한 것 같지만, 사실 무한하다. 이 순환 관계는 마치 뫼비우스의 띠처럼 보이는 것과 보이지 않는 것, 안과 밖이 하나로 움직이는 동체요, 하나의 생명이다. 인간의 생명이 무한한 한 신의 생명도 무한하고, 신의 생명이 무한한 한 인간의 생명도 무한하다. 목신도 마찬가지다.

목신은 우리들의 사유체계를 상당한 역사 동안 지배해 왔다. 특히 마을 공동체가 지금처럼 마을이 해체되기 전에는 마을 공동체를 하나의 꼭지점으로 모으는 역할을 해온 것도 사실이다. 지역 공동체를 살리는 것은 시대적 사명이다. 따라서 공동체를 살리거나 공동체를 이해하기 위해서는 목신의 이해가 필요하지 않을까. 목신은 갈 곳 없는 민중들이 매달린 마지막 호소다. 지금은 버려졌지만, 곧 사람들이 길을 잃었다는 것을 알고 갈 곳이 없다는 것을 알면 다시 돌아올 것이다.

마지막으로 이 책의 또 하나의 목적은 품격 있는 마을 답사의 길잡이가 되는 것이다. 이 책을 통해서 목신들이 역사와 만나고, 마을 축제를 중심으로 품격 있는 마을 답사의 키워드를 제시할 수 있었으면 한다.

저자와의
협의하에
인지생략

신이 된 나무

목신, 신목, 그리고 인간

2017년 5월 15일 인쇄
2017년 5월 20일 발행

저　자　강 희 진

발 행 처　✿ ㈜이화문화출판사
등록번호　제 300-2015-92호
주　소　서울시 종로구 사직로 10길 17 (내자동 인왕빌딩)
전　화　02-732-7091~3 (구입문의)
F A X　02-738-5153
홈페이지　www.makebook.net

값 15,000원